？？？（インプ）
CHARACTER

蓮《れん》華《か》（座敷童）

もくじ

モブ高生の俺でも冒険者になればリア充になれますか？

モブ高生の俺でも冒険者になれればリア充になれますか？2

百均

BRAVENOVEL
ブレイブ文庫

第一話　誰が北島だ

クルリ、クルリとペンを回しながら、俺はその時を待っていた。

もうすでに出来ることはやり尽している。見直しは何度も終え、残された数分という時を静かに過ごしていた。

未だ最後の瞬間まで足掻いている奴らは一握り。机に噛り付くようにしてペンを走らせている。

……あんなに書くことあったっけ？　同じ教室で勉強してきたはずなのに、俺は不思議でならなかった。

そこで、チャイムが鳴った。担当教師が声を張り上げる。

「はい、そこまで。ペンを机の上に置きなさい」

途端、教室中からため息が漏れた。俺もグッと背伸びをする。

今日は中間テストの最終日。俺たちはテストという地獄から解放されたのだ。

「あ～、終わったぁ」

「マジでいろいろ終わったわ。半分もわからんかった」

教師が教室からいなくなるなり、東西コンビが声をかけてくる。

「マロは今回どうだった？」

「俺はいつも通りだよ。６～７０点ってところじゃねぇの？」

俺の答えに西田《にしだ》が顔を顰めた。

「ってことは今回の平均点はそんぐらいか。赤点は平均からマイナス２０点だっけ？　俺、数学ちょっとやべぇかも」

「人の点数を指標にすんのやめてくんない？　平均以上かもしれないじゃん」

……まあ多分平均点だろうけど。なぜか中学の頃からずっとテストは平均点なんだよな～。

この高校も偏差値普通だし。どこまでも平凡なわが身が恨めしいような、そうでもないような。

「とりあえず、どっか遊びに行くか～」

「マロもさすがにテスト期間中はバイトないだろ？」

「おう、今日はさすがにな」

「うし！　じゃあどこ行く？　久々にカラオケでも行くか～」

そんなことを話しながら俺たちが教室を出ようとしたその時。

「っと……」

「あ」

ちょうど教室に入ろうとしていた誰かとぶつかりかけた。……南山《みなみやま》だ。

両手が濡れている、トイレにでも行っていたのだろう。

南山が俺たちの存在に気づき、眉を上げる。東野《ひがしの》たちも笑みを消した。

…………気まずい空気が流れる。

これが他のクラスメイトだったら、多分俺たちはすぐに道を譲っただろう。あるいは、相手が譲ってくれるか。そこに他意はない。

だが相手が南山と分かった時、俺たちはどうしてか道を譲りたくないと思ってしまった。

一方で、南山もまた、俺たちに道を譲りたくない、と思っているのがなんとなく分かった。

奴は今やクラスカーストのトップグループだ。本来なら、俺たちが譲るべき力関係。

しかし俺たちの中では、コイツが自分たちより上という認識はなかった。

それは、あっさりと友人関係を破棄された意地みたいなものがあったのかもしれない。

――あのさ、気軽に話しかけてくんなよ。俺とお前らじゃもう、ほら、わかるだろ？

かつて、それまでと同じように遊びに誘った俺たちに、コイツが言い放ったセリフが脳裏に蘇る。

東西コンビもその時のことを思い出しているのだろう、顔が険しい。

そんな俺たちを見た南山がフンと鼻を鳴らした。

「……邪魔なんだけど」

「……ッ！」

それに西田が何かを言おうとした時。

「南山くん？　どうしたん？」

後ろから小野《おの》の声がし、振り返るとそこには高橋《たかはし》たちリア充グループと数名のクラスメイトがいた。当然、四之宮《しのみや》さんと……牛倉《うしくら》さんの姿もある。

「どうした？　なんかあったのか？」

高橋が爽やかな微笑みを浮かべ尋ねてきた。

「あ、もしかして南山を遊びに誘ってたとか？　あー、悪い！　俺らが先に誘っててさ。こういうのは早い者勝ちってことで、な？」

「あ、いや……」

片手を上げて謝る高橋に気勢が削がれる俺たち。南山とは違う真のリア充オーラに完全に気圧されていた。

「そう言うわけじゃねぇって。悪い悪い、今荷物取ってくるわ」

南山は笑いながらそう言うと俺たちを強引に押し退けた。

東野がグッと唇を噛みしめる。

これが、今の俺たちのクラス内の力関係だった。

そのまま俺たちがリア充グループを見送ろうとしたその時、四之宮さんがふと思い出したように言った。

「あ、そうだ。よければマロっちも来る？　カラオケなんだけど」

『!?』

その場に衝撃が走るのが分かった。全員が眼を剥いて俺を見る。

俺はエスパーではない……はず。だが今、俺は確かにみんなの心の声を聞いた。

すなわち、なんで四之宮さんがこのモブを!?　だ。

「あ、いや……」

咄嗟のことにうまく舌が回らない。

すると小野が俺たちの間に割って入った。

「いやあ、どうも北……えっと、北島《きたじま》くん？　は東田《ひがしだ》くんと西野《にしの》くんらいつものメンバーと遊びに行くみたいだし、誘ったら迷惑掛かるんやないかなぁ？」

「お？　なら三人ともくるか？　二部屋借りればみんなで行けるだろ。それかボウリングに変えるか？」

高橋の提案に顔色を変えたのは、南山と小野だった。

その他のメンバーも顔を引き攣らせている。

クラスメイト達も俺たちと南山の微妙な関係は知っている。誰も喜ばない提案だ。

高橋は俺たちの関係を知らないのだろうか？　あり得る。高橋は自他共に認める野球馬鹿。

クラス内の微妙な人間関係には疎いイメージがある。そもそも南山の存在を認識したことすら、冒険者とカミングアウトしてからだろうしな。

それまでの南山はただのクラスメイトA、その友人関係など把握してないだろう。

だがこの反応を見るに小野はそのことを知っていたらしい。コイツは結構クラス全体と付き合いがあるからな。

とにかく、この提案に頷くのはあり得ない。グループも二部屋で分かれることになるし、絶対に盛り下がる。他のメンバーからの絶対断れよという視線をトシヒシと感じた。東野が慌てて言う。

「い、いや、俺たちはいいよ、うん。みんなで楽しんで来てくれよ」

「そうか？　残念だな……」

あっさりと引き下がる高橋に小野がすかさず便乗する。

「じゃ、北島くんたちもそう言ってることやし、今回は残念やけどってことで」

「う、うん」

小野の目配せに取り巻きのクラスメイトたちが慌てて頷く。

これで一件落着かと思われたその時、四之宮さんがポツリと言った。

「あのさ、小野」

「な、なに？」

名指しで呼ばれた小野が若干動揺しながら答える。

「さっきから思ってたんだけど、北島じゃなくて北川《きたがわ》ね。北川歌麿《きたがわうたまろ》、江戸時代の絵師と同じ名前。クラスメイトの名前くらい覚えてなよ」

「え……あ、ああ。そうやな、ごめん、北……川くん」

「あ、ああ……気にしてないから」

「うん。……じゃ行こか」

その言葉と共に教室を出ていく高橋たち。

あとには俺たち三人だけが残され。

「おいおいおいおい！　どういうことだよ、マロ！」

「お前いつの間に四之宮さんと仲良くなったんだよ！」

東野たちが一斉に詰め寄ってきた。ガッと胸座をつかまれる。鬼気迫る表情。南山に向けていた以上の敵意、いや殺気を感じる……！

「いや知らない知らない知らない！　え、どういうこと!?」

慌てふためきつつ弁明するも、二人は欠片も信用してくれなかった。

「知らねーわけねーだろ！　じゃあなんであの四之宮さんがお前なんぞをカラオケに誘うんだ？　ああん？」

「つかなんでお前の名前だけ訂正されんだよ！　俺らも間違われたのに！」

「いやそれは……あ、もしかしてあれか？」

俺が小さく漏らした言葉に、二匹のピラニアは俊敏に食いついた。

「やっぱなんかあったんだな！　吐け！　この裏切者が！」

「裏切者って……単純にこの前保健室に行ったとき、四之宮さんも休んでてちょっと自己紹介しただけだよ。それで覚えてたんじゃねぇの？」

「……それだけ？」

「それだけ」

その言葉で二人はやっと俺の胸座を離してくれた。

「ふーむ、ってことは単純にマロの名前は覚えてて俺らの名前は憶えてなかったってことか？」

「カラオケに誘ったのもただの気まぐれなのかね、あるいはちょっとからかってやろうと思っただけとか？　あり得るな」

「……つかお前ら、お姉さんとかロリが好きだったんじゃねぇのかよ」

俺が首を擦りながら文句を言うと、二人は口を揃えて言った。

『それはそれ』

「つか常識的に考えてロリと付き合えるわけねぇだろうが。現実的な恋愛対象はやっぱ同年代になるっての」

「このクラスめっちゃ可愛い子多いよな。四之宮さんを初めて見た時マジでビビったわ。え、アイドルクラスじゃんって」

「マロだっておっぱい星人だけど、貧乳の美少女にコクられたら付き合うだろ？」

「……確かに！」

なんという説得力。

そりゃそうか。好みは好み、理想は理想。手の届きそうなところに美人がいたら普通に恋愛対象だよなぁ。

「つか彼女欲し〜」

唐突に東野が言った。西田が強く頷く。

「高校生になりゃ自然と彼女出来ると思ってたのに……全然その気配ないんだけど、どういうこと？」

「あー、俺も思ってたわ。っていうかさ、その延長で大人になれば普通に結婚して子供出来ると思ってたけど、この調子で行くと……」

「おいやめろ」

二人の会話を聞きながらふと思う。

彼女か、確かに欲しい。というか、リア充になりたい理由の半分がそれだ。

冒険者になれば巨乳で可愛い彼女が出来るかも、という儚い期待があった。

ハーメルンの笛吹き男との闘いで、死の危険を身近に感じた今となっても、その思いは薄れていない。

むしろ死にかけた分、何としてでもリア充になるという想いが強まっていた。

……命を賭けなきゃ彼女もできそうにないのが悲しいところだが。

「クリスマス、間に合うかねぇ」

俺は小さく呟いた。


月日の流れというものは早いもので、俺が冒険者となってから早一月が経過した。

俺はこの間、毎日のようにダンジョンに挑み続け計十個のダンジョンを踏破していた。

最初のダンジョンに一週間も掛けていたとは思えないほどのハイペースな攻略だが、これにはもちろん絡繰りがある。

まずは、学校がある日は数時間程度で踏破できる低階層のダンジョンを狙って攻略していったこと。

　次に、あらかじめダンジョン内の地図とモンスター傾向を調べてあったこと。

　最後に、何よりもハーメルンの笛吹き男との激闘が俺たちの絆を深め、大きく成長させてくれたことが大きかった。

【種族】座敷童（蓮華《れんか》）
【戦闘力】３２５（５５ＵＰ！）
【先天技能】
・禍福は糾える縄の如し
・かくれんぼ
・初等回復魔法
【後天技能】
・零落せし存在
・自由奔放
・初等攻撃魔法
【種族】グーラー（イライザ）
【戦闘力】１４０（３０ＵＰ！）

【先天技能】
・生きた屍
・火事場の馬鹿力
・屍喰い
【後天技能】
・絶対服従
・性技
・フェロモン
・奇襲
・虚ろな心↓静かな心（ＣＨＡＮＧＥ！）：感情を抑制し冷静さを失わない心。精神異常への強い耐性、思考能力の向上。
・庇う（ＮＥＷ！）：仲間の元へ瞬時に駆け付け身代わりになることができる。使用中、防御力と生命力が大きく向上。
・精密動作（ＮＥＷ！）：より正確な動作を可能とする。

【種族】クーシー（ユウキ）
【戦闘力】１８５（２５ＵＰ！）
【先天技能】

・妖精の番犬
・集団行動
【後天技能】
・忠誠
・小さな勇者
・本能の覚醒
・気配察知（ＮＥＷ！）：五感を強化し、隠密系スキルを見破りやすくする。

これが、今の彼女たちのステータスだ。

とりわけ大きく成長したのは、やはりイライザだろう。

ハーメルンの笛吹き男との戦い機に急速に育ちつつあった自我は、虚ろな心から静かな心へと変化し、ついに自我の確立を果たした。

今では少しばかり反応が鈍いものの、自分の意思でモノを考え行動が出来るようになっていた。

もっとも、その心はまだまだ成長中で、本人の気質もあるのかもしれないがあまり喋らず表情も変えない。

それでも物静かな彼女なりに仲間を大事に思っているのは確かなようで、庇うという援護用のスキルを手に入れていた。

これは、目の届く範囲なら高速で駆け付け仲間の身代わりになるスキルで、ハーメルンの笛吹き男戦での経験が大きく影響していると思われた。

このスキルを知った蓮華とユウキたちも、イライザに庇われない様にと連携力の向上を目指すようになり、良い相乗効果が生まれている。

ユウキもまた新たに気配察知という索敵スキルを得て、猟犬としてまた一つ完成に近づいた。

この気配察知の隠密系スキルを見破りやすくなるという効果がどれほどのものなのか、気になって蓮華のかくれんぼで実験してみたところ、なんとなく居場所がわかるというふわっとした感じに落ち着いた。

時間をかければ匂いなどで追跡できるそうなのだが、当然移動するスピードの方が速く、また消えた姿を見破ることはできなかった。

とは言え、隠密系のスキルを持っていない敵ならば相当離れたところからでも感知できるようになった辺り、迷宮攻略への影響は小さいようで地味に大きいだろう。索敵要員として育て続けた甲斐があったというものである。

蓮華に関しては、新たなスキルは覚えず戦闘力の向上だけだが、ステータスには現れないところで進歩している。

出会った頃からは想像もつかないほど戦闘にも積極的に参加するようになり、戦闘の補助から戦利品のドロップ率向上までそのサポート役の資質をどんどん開花させつつあった。

特に戦利品のドロップ率については、通常の三倍以上にもなっている。これほどドロップ率が違うともなれば、座敷童はプロ必需品となってもおかしくないはずだが、実際はそんな話は聞かないのが不思議だった。

そして最後に、この一月の戦果について。俺は冒険者になってから十個の迷宮、計五十階層を踏破した。Ｆランク迷宮の踏破報酬の魔石は階層数×一万円で計算されるため、魔石の金額だけで五十万円の報酬を得た形となる。

ここから、ギルドで買った迷宮の情報代九万円を差っ引いても四十一万のプラスである。

さらには、道中の戦闘で手に入れた戦利品が、魔石にして六万円程度、カードにして六十四枚。Ｆランクのカードを使っていく気はないため、全部売却したところ約七万円程度となった。

忘れてはいけないのが、ガッカリ箱から出る魔道具だ。

Ｆランク迷宮から出る魔道具など大したものではないが、これがなかなか馬鹿にできなかった。

一つ十万円で売れるミドルポーションが一つ、一つ一万円のローポジションが三つ、その他においい袋や発火石といった一つ千円から一万円以下の細々としたアイテムで約三万円。

これらのアイテムは低ランク迷宮でも結構ドロップするため、ギルドの買い取り価格も安く市場価格の一割ほどとなっている。そのため、これらのアイテムは基本的に売らず自分で使うことにした。

軽い骨折や切り傷程度ならば瞬く間に癒してくれるミドルポーションは、いざという時の備えに。魔物寄せのにおい袋と、投げつけることで初等攻撃魔法一発分の威力になる発火石は日々の攻略に使い、ローポーションは妹と母にプレゼントすることにした。

怪我の治療には役に立たない最低ランクのポーションであっても、風呂に垂らせば美肌効果、手に振りかければ手荒れを一瞬で癒し、飲めば体調を瞬く間に整えてくれる効果がある。日常使いするには高級品過ぎるだけで、あればあるだけ便利な品なのだ。俺が持ち帰ったローポーションを見て、母も妹も大喜びであった。

というわけで、現金約五十四万円と約十六万円相当の消耗品アイテム。これがこの一か月のリザルトだった。

おっと、それともう一つ。

これらの実績を持って俺は二ツ星冒険者への昇格試験を受けられるようになった。

試験の内容はギルド指定のEランク迷宮のソロ踏破。

――――そして、俺たちは既にその半ば以上まで攻略していた。


テスト明けの休日。俺は攻略途中のEランク迷宮へと来ていた。

ギルドによって指定されたこの迷宮は、石造りの通路を蝋燭の炎が照らす、THE迷宮と言った感じのスタンダートなものである。

この迷宮について、俺は事前に一切情報を仕入れることが出来なかった。未知に対する適応力も、試験の内だからだ。

俺も、試験を受ける際にこの迷宮についての情報を外部に漏らさないよう、契約書を書かされている。

通路は狭めの印象で、頻繁に分岐があり俺たちを惑わしてくる。スマホのマッピングアプリのおかげで迷うことはないが、進めば進むほど体内の方向感覚が狂っていくのがわかった。

通路の先には学校の教室を一回り狭くしたような小部屋がところどころ有り、モンスターはそこでしか出現しない。

不意の遭遇を警戒しなくて済むのはありがたいが、逆に言えば一階層ごとに必ず一定回数以上の戦闘を強いられるということでもあり、索敵で戦闘を避けていくスタイルの俺たちにとっては煩わしい仕組みでもあった。

もっとも、この小部屋の存在も悪いことだけではないのだが……。

「イライザ、笛を吹いてくれ」

迷宮に入った俺は、いつもの三枚――Eランク迷宮となり、召喚制限が四枚となったことでようやく全員を同時召喚できるようになった――を呼び出すとさっそくイライザに指示を出した。

Fランク迷宮では時折他の冒険者と遭遇することもあったのだが、この迷宮は一般公開されていないため、試験中は俺の貸し切りである。

その為、安心してハーメルンの笛を使うことが出来た。

「♪～♪♪～」

イライザが拙いながらも曲を奏でていく。

……この笛吹き役、誰が言うでもなく、自然と彼女の担当となっていた。

あの不気味な笛吹き男が残した笛……。なんとなくみんなが口をつけるのを嫌がり、唯一そういう感情が無さそうなイライザに役が回ってきたのだ。

それになんとなく罪悪感を抱いていた俺たちだったが、思いのほか彼女はこの笛を気に入った様子で、休憩時間などに曲の練習などをし始めるほどだった。

今では、転移の際に拙いながらも一曲披露してくれるようになった。

演奏が終わると俺たちの目の前に黒く渦巻く球体が現れる。迷宮の入り口に存在するものとまったく同じものだ。

この空間のゆがみを通ることで、到達済みの階層の安全地帯へと一瞬で転移することが出来る。

ただし、笛に蓄積された迷宮の情報は、誰かが迷宮を踏破した段階で笛から消えてしまう。

つまり、一度攻略したことのある迷宮の最下層にいきなり転移して、お手軽に踏破報酬をもらい続けることは出来ないというわけだ。残念。

ゲートを通ると、俺たちは最前線である十二階層の安全地帯へと転移した。

転移系の魔道具は、ハーメルンの笛に限らず、基本的に安全地帯から安全地帯へとしか飛ぶことができない。

階層内のどこにでも転移が可能であれば、探索にも敵から逃げるのにも便利なのだが、さすがにそれは贅沢というものだった。

「よし、行こう」

俺はそう号令をかけると、安全地帯を踏み出した。


三ツ星までの冒険者は、一般的にアマチュアクラスと言われている。

法律的には一ツ星であろうと四ツ星であろうと冒険者は冒険者なのだが、なぜ四ツ星を境に世間の目が変わるかというと、三ツ星までは比較的に簡単に昇格できると言われているからだ。

一ツ星の冒険者には、金を積むだけでなれる。

二ツ星には、Ｆランク迷宮を十回踏破し、ギルド指定のＥランク迷宮を踏破すればなることが出来る。

三ツ星も同様だ。普通にランクに見合った迷宮を踏破していき、昇格試験を受ける。それだけ。

いずれも、『Ｄランク以上のモンスターカードを所持していること』という但し書きがあるが、冒険者になる時に一枚は必ず買わされる為あってないような条件だ。

低ランクの迷宮でカードを失うような間抜けを振るい落とすためだけの条件だろう。

しかし、冒険者のほとんどが三ツ星までスムーズに進めるのかというと決してそうではない。

冒険者登録をした者たちの半数近くがＥランクで一度は躓くと言われている。そのさらに半分が、そのまま二ツ星を諦める。休日だけ迷宮探索を楽しむエンジョイ勢になるのだ。

その最大の理由は、十数階という一日では到底踏破できない道のりの長さとその道中にある罠の数々にある。

モンスター以外に何の障害もないFランク迷宮ですら、地図があっても一階層につき一～二時間は掛かる。

罠を警戒しながら進むとなれば、進行速度はさらに落ちる。罠は一定期間ごとに配置が換わる為、ギルドで情報を買うこともできない。

それが、十数階と続くのだ。どうしても泊まりがけの攻略になる。

この時点で、社会人や中高生は脱落する。仕事や学校を休まない限り、Eランク迷宮の踏破は到底できないからだ。

それでも、大学生やフリーターであれば、時間の都合はつけられる。

が、日を跨いだ迷宮攻略というのはFランク迷宮での迷宮攻略とは雰囲気がまったく異なる。例えるならピクニックと本格的なキャンプの違いといったところか。

一日中歩き続けて進めるのは五階から十階が限度。

それを、突然現れるモンスターに警戒しつつ、罠を探り、さらには水や食料を背負って進むのだ。軽い気持ちで冒険者になった者たちが続けられることではない。

自衛隊ですら、迷宮が現れた当初退職者が続出した。まあ、当時はカードの効果が判明しておらず、バリアすらなかったというのが最大の要因ではあるが……。

結果、大学生たちは本格的な冒険者部に所属してプロを目指して仲間たちと遠征に励むか、エンジョイ勢で集まってヤリサー染みたサークルを作るかの二択に分かれるらしい。

Ｆランク迷宮と馬鹿にすることなかれ。俺が一月で五十万も稼げたように、片手間でも十万、二十万稼ぐのは簡単なことだ。

正直、手堅くＦランク迷宮を毎日のように踏破していく方が中途半端にＥランク迷宮に挑むより儲けられるということすらあった。

迷宮は、踏破報酬が一番安定していて美味しいからだ。

Ｅランク迷宮では、罠による被害とモンスターの襲撃のコンボによりＤランクカードを失うことも珍しくない。それだけで、百万から最高一千万近い損失が生じる。それが唯一のＤランクカードだった日には目も当てられない。

リスクを冒してＥランク迷宮より日帰りでエンジョイ攻略。そんな見出しを、コンビニの雑誌でよく見かけるくらいだ。

俺も、当初はこのエンジョイ勢ルートに行くつもりだった。学生の身でＥランク迷宮はハードすぎるから、と。

だが、今は違う。

俺にはハーメルンの笛という冒険者垂涎のレアアイテムがある。これさえあれば、わざわざ泊まり掛けで攻略する必要もない。時間というアマチュアクラス最大の壁が、俺には存在しないのだ。

それ故に、俺はテスト勉強の傍らＥランク迷宮の攻略を進めるということすらできていた。

多分、これがなかったら俺はどこかで三ツ星になるのを諦めていただろう。

戦力についてもCランク一枚、Dランク二枚とEランク迷宮に対して過剰なほどに充実している。

残りの障害は、もはや罠だけだった。

先頭をイライザに、少し離れてユウキ、俺、蓮華という隊列で進む。

イライザを先頭にして少し離れて進むのは、彼女がうちのパーティーの罠解除役だからだ。

罠の知識がギルドで買える教本頼りの俺たちにとって、罠の解除は実際に喰らって学習していくというやり方になってしまう。

その役目は消去法的に、痛覚が存在しないアンデッドのイライザとなってしまっていた。

戦闘中は味方を庇い、嫌な笛役を押し付けられ、危険な罠の解除までやらされる。

申し訳ない気持ちでいっぱいだったが、健気で勉強家の彼女は少しずつだがこの迷宮の罠に適応しつつあった。

と、そこでイライザがピタリと足を止める。

「……マスター、前方の床の色が違います。おそらく、落とし穴の罠と思われます」

自我が目覚める前よりも流暢に喋るようになった彼女が、そう報告してくる。

俺は、彼女の後ろから目を凝らすが、正直ここからではまったく違いが判らない。そもそも通路自体が薄暗く、壁際に一定間隔である蝋燭頼りのため非常に見通しが悪い。ただの人間である俺に識別などできるはずもなかった。

しかしそれはユウキと蓮華も同じだったようで、しきりに首を傾げている。

「イライザ、それで俺たちはどうすればいい？」

「通路右端は通常通りの色をしている為、落とし穴は左端から中央までの物と思われます。私がまず右端を通りますので、マスターはそれを確認の上お通りください」

「わ、わかった」

俺が頷くと、イライザは迷いのない足取りで進んでいく。

「安全を確認しました。お通りください」

「お、おう」

おっかなびっくり落とし穴を避けて通っていると、蓮華が後ろから話しかけてきた。

「いつの間にか指示を出す側から出される側に変わっちまったな。このまま行くと、いつかイライザが司令塔になるんじゃね？　あれっ、お前って本当に要るの？」

ニヤついた笑みを浮かべる蓮華を、俺は鼻で笑う。馬鹿め……。

「一体いつから俺が必要だと錯覚していた？」

「なん、だと……。いや、その返しはさすがに予想外だったわ。言われてみれば、その通りだな……」

驚きに目を見開いた後、妙に納得したように何度も頷く蓮華。

いや、そこで本当に納得されても……。俺は自分でネタを振ったくせに少し悲しくなった。

実際、敵が強くなるにつれて俺が戦闘に関われる機会はほとんどなくなったが……。

戦闘中に指示を出すにも限界があるし、防犯グッズなんかもいずれ効かなくなってくるだろう。

高ランクのモンスターなどは、人間の動体視力以上の速さで動くという。そんな戦場で的確に指示を出すのは不可能だ。

上位の冒険者たちはそのへんどうやってるんだろうか？　ただ突っ立てるだけ？　そう言えば、モンコロの冒険者なんかは手足みたいにカードを操ってるよな……なにか絡繰りがあるのか？　単純に仕込みが上手いだけ？

ふとした疑問に考え込んでいると、俺が落ち込んでいると思ったのか忠犬ユウキがフォローを入れてくれた。

「蓮華さん、マスターあってのボクらですよ。イライザさんをあそこまで育てたのもマスターじゃないですか」

「お、さすが忠誠アピールのチャンスは見逃さないな。よっ、犬の鑑！」

「犬で結構。わんわん」

「お手もしてみろよ、ワン公。それともチンチンの方が良いか？」

「良い犬は主人以外にしっぽを振らないものです」

一見すると仲が悪いやり取りにも見えるが、二人の雰囲気は柔らかい。

うちの三枚はいつしか、ちょっと意地悪だが本当は優しい長女、真面目で面倒見の良い次女、無口で勉強家な三女という三姉妹の関係となってきていた。

見た目の年齢が長女、次女、三女で逆転していくのが面白い所だ。

「マスター、分かれ道です」

「お、えっとアプリによれば前回は右に行って行き止まりになってるな。真っすぐの道は七割マップが埋まってるが、左は手つかずか……。うーん、よし左に行こう」

「了解しました」

スマホ片手に分かれ道を左に進み、次の丁字路を右に進む。

そうやって地図を少しずつ埋めていくと、ユウキが言った。

「マスターの持ってるそれ、本当に便利ですよね。これさえあれば道に絶対迷わないし」

「まあ基本はな。でも迷宮の罠によってはこういう機械を破壊したり、すべての光を吸い込む真っ暗闇の通路とかあって、頼り切ってるととんでもないしっぺ返しにあうらしい」

「え、それ大丈夫なんですか？」

「まあそう言うところはギルドで注意喚起してるから事前にわかるだろうから多分大丈夫だろ。……そういう痛い目を早めに見させるためにこの迷宮にもあるってパターンは普通にあるだろうけどな」

「アタシがそのギルドって奴らなら間違いなくそうするな」

「ギルドの性根が蓮華ほどひん曲がってないないことを祈るしかないな」

「だったら大丈夫そうですね」

「おい」

そんなことを話していると、前方に扉が見えてきた。一見何の変哲もない木製の扉である。

が、こんな扉一枚でも油断できないことを俺たちはここまでの攻略で思い知らされていた。

「……どうだ？　罠はありそうか？」

イライザは、しばし扉を様々な角度から観察していたが、やがて振り返ると言った。

「こちら側には何の形跡も見られません」

なら罠はなさそうだな……とはならないのが迷宮だ。

「これまでにこのパターンであったのは、開けた瞬間に扉が爆発する罠。弓矢が飛んでくる罠。扉の先に落とし穴があるパターンの三つでした。すいませんが今の私には判別がつきません」

「わかった……悪いが、いつものを頼めるか？」

「イエス、マスター」

いつもの。つまり体当たりの漢解除である。

俺の頼みに何の躊躇もなく頷くイライザ。

俺たちが距離を取ったのを確認すると、彼女は勢いよく扉を開け放った。

ガキンッと何かが作動する音。

部屋の奥の暗闇から何かが放たれた。

それはイライザの脇をすり抜け――。

「……あ」

俺は掠れた声を漏らしながら、呆然と自分の胸元を見下ろした。

――そこには一本の矢が深々と刺さっていた。

【Tips】魔道具

迷宮からは多くの魔道具が出現する。傷や病を癒せるポーションはその最たる例であり、ほかにも魔法が使えるようになる杖、聖剣、魔剣、空飛ぶ絨毯、無限にパンが出てくるパン籠など夢のようなアイテムが存在している。しかし中には、猿の手のように不幸をもたらす魔道具も確認されている。

基本的に高ランクの迷宮ほど良い魔道具が出現するが、低ランクの迷宮でも激レアの魔道具が出現することもある。その逆も有り、高ランクの踏破報酬で【大人のおもちゃ】が出たこともある。

第二話　小悪魔な小生意気

どさり、と地面に座り込む。

「あ……あ……」

震える手で矢に手を伸ばすが、力が入らず上手く抜くことが出来ない。

ようやく矢を抜き取り。

「危ねぇ〜〜！」

俺は深々と安堵の息を吐いた。

迷宮産の新素材を用いて作られたタクティカルベストは、見事にクロスボウの矢から俺を守り切ってくれていた。

カードのバリア機能はマスターの肉体を完全に保護してくれるが、その身に着けた衣服まではその限りではない。

そのため、こうして防具に矢が刺さったりしてマスターを驚かせるという事態もたまに起こりうる。

ちなみに、酸性の攻撃を受けて真っ裸になる女性冒険者もいるとかいないとか。

そんなことを考えている間にも、蓮華たちは部屋に突入し戦闘を開始していた。

彼女たちは、矢に打たれた俺を見てもチラリと横目で確認するだけだった。

冷たい……わけではない。ダメージを肩代わりできる彼女たちは、俺が無傷であることなど俺よりも早く気づいていたのだ。

むしろ、迅速に動けた彼女たちを称賛すべきだろう。

……でも、本当はちょっとだけ心配して欲しかったりして。

そんな甘えを、頭を振って掻き消すと、俺は彼女たちの後を追って部屋へと入った。

普通に考えれば、マスターは敵の出現しない部屋の外で待つのが安全だ。

だが以前に外で戦闘の終了を待っていた際、倒しても倒しても際限なくモンスターが現れ続けるということがあった。おまけにドロップもなし。

おそらく、迷宮はマスターが部屋にいるかどうかで戦闘終了を判定しているのだろう。

一体どういう仕組みで、どういった思惑からそうしているのかはわからないが、それ以来、俺も必ず部屋の中に入ることにしていた。

部屋の中に居たのは、四体のモンスター。石でできた大男に、口元から火を漏らす黒い犬、大袋を持った老人と黒い靄……。

大男と黒い犬は戦ったことがある為すぐわかった。ストーンゴーレムとヘルハウンドだ。

だが、老人と黒い靄は初見である。

十階層を超え、Ｅランクモンスターが出るようになると敵の強さと多様性がぐんと増した。

単純な戦闘力もそうだが、そのスキルの厭らしさも厄介だ。

ストーンゴーレムもヘルハウンドも戦闘能力は高いが妙な搦め手を使うタイプではない。

ならば、こういう時は——！

「まずはその老人から片付けろ！」

「ＯＫ！　わざわざ殺さなくてもそのうちぽっくり逝きそうだけどな！」

ユウキが老人に飛びかかり、蓮華が後ろから光弾を放つ。

すると、その軌道上にストーンゴーレムが割り込んだ。その石の身体でユウキの爪と光弾を防ぐ。

頑丈さが売りのゴーレムだったが、上位ランクの連撃には耐えられず無数の石礫となって崩壊していった。

ゴーレムが命と引き換えに作り出した一瞬の影。そこからヘルハウンドが現れ、小さな座敷童へと飛びかかった。

それに気づいた蓮華だったが、動けない。いや、動かない。

金色の影がヘルハウンドと蓮華の間に割り込む。瞬間移動のように素早い動き。

イライザだ。

プロテクターをつけた左手でヘルハウンドの牙を受けた彼女は、噛みついたまま火炎を吐く黒犬を地面へと叩き付け、スタンロッドを押し付けた。

「ギャンッ！」

死んでも離さぬ、という気概すら感じさせたヘルハウンドは、しかし電流の力で無理やり顎を開かされてしまう。そこに逆にイライザが噛みついた。捕食者と被捕食者が入れ替わった瞬間だった。

結局、真っ先に殺すはずだった老人と黒い靄がその場に残ってしまった。ほんの数秒、たったそれだけの順番の前後だったが、それで老人が仕掛けるには十分だった。

老人が背中の大袋を部屋に撒く。袋の中身は、砂であった。……目つぶしか？

なんだその程度かと一瞬だけ拍子抜けし、すぐに気を張り詰めた。馬鹿な、そんなはずはない。ストーンゴーレムとヘルハウンドが命を懸けてまで稼いだ時間だ、他に何かある。

しかしそんな俺の思いとは裏腹に、うちのカードたちに何かが起こった様子はない。

ユウキの爪が老人を切り裂き、光弾が黒い靄を打ち抜く。それで戦闘は終わった。

「……結局、この砂は何だったんだ？」

俺の呟きに蓮華が答える。

「んー、多分眠りの粉だな。これが撒かれた瞬間、ちょっとだけ眠くなった。余裕でレジストしたけどな」

「なるほどな」

眠りの砂か……危なかった。眠りは戦闘中だとシャレにならないくらいヤバい状態異常だ。

幸いうちのカードたちは状態異常の耐性がある奴らばかりだからなんとかなったが、レジスト出来なかったらそのまま全滅していた可能性もある。

「それで、コイツは……と。ゲッ、ナイトメアじゃねぇか」

俺は黒い靄が落としたカードを拾い上げ、呻いた。

ナイトメア……悪夢を操るといわれるモンスター。ただの悪夢と言うなかれ、夢の中であればコイツはワンランク上程度のモンスターならば容易く殺す力を持っている。反面、現実世界ではほとんど無力に近いのだが……。

「ザントマンとナイトメアのコンボかよ。Eランクに上がって、いきなり難易度上がってきてねーか？」

ストーンゴーレムがガード、ヘルハウンドがアタッカー、ザントマンがサポートで、ナイトメアが眠った相手の即死役か……。

Fランク迷宮までのようにDランクカード一枚のゴリ押しじゃあ、普通にロストもあり得るな。下手すりゃ全滅することもあるんじゃねぇか？　ここの構造なら即部屋を出れば死ぬことはないだろうが……地上までの帰還は一人では無理だろう。

そうなれば、ギルドへと糞高い金を払って救助隊を呼ぶしかない。当然その金額は自己負担となっており、Fランク迷宮ならば百万程度で済むが、Eランク迷宮となると一千万近く掛かる。

毎年それで莫大な借金を背負う奴が一定数出てくる。俺が両親を説得するときに一番のネックとなったのもそこだった。

「さて、そろそろお楽しみタイムと行くか」

そう言って俺が眼を向けたのは、いつの間にか部屋の中央に現れた宝箱だった。

これが、このタイプの迷宮の最大のメリットだった。小部屋での戦闘を強いられる反面、稀にガッカリ箱が出現するのだ。確率で言えば……大体５％くらいか。

中身は当然Ｆランクの踏破報酬よりもしょぼい。ほとんどが千円程度の消耗品で、ポーションなどは当たりの部類に入る。その上、ガッカリ箱には高確率で罠が仕掛けられていた。

中身もしょぼい上に罠もあるとなれば普通はスルー推奨だ。にもかかわらず俺たちがガッカリ箱に挑み続けるのは極まれに大当たりが含まれているからに他ならない。

その大当たりの名は、スキルオーブ。使うだけでカードにスキルを覚えさせられるという夢のような魔道具である。

迷宮の外には持ち出せない、使うまで中身が分からず必ずしもメリットだけのスキルとは限らない、という条件はあるが、お手軽にカードにスキルを得られるとあっては食いつかずにはいられないアイテムだ。

俺たちもこの迷宮を攻略し始めて比較的当初に一つ手に入れており、イライザの精密動作は、そうして手に入れたスキルだった。

ちなみに、なぜイライザへとスキルオーブを使ったのかというと、出たスキルオーブが技術系の黄色——スキルオーブはその色で大体のスキル傾向が分かる——だったからで、これで彼女の種族的欠点を少しでも埋められないかと思ったからだった。

グーラーという種族の性質上、イライザの動きはどうしても精彩さが欠けるものとなる。鈍いというよりも荒いというべきか。技術系のスキルはそういった動作に補正を与えてくれるスキルのため、これが少しでも改善されればと彼女に与えることにしたのだ。

これが結果的に大正解だった。

精密動作は、動きの正確さを上げてくれるスキルで、まさに彼女に最適のスキルだったからだ。

まず戦闘中の動きが滑らかになり、庇うなどのスキルの発動も素早くなった。演奏の練習中、もどかしげにしていた指の動きも思い通りに動かせるようになってきたようだ。それは今も向上し続けている。

何より一番の収穫は、彼女が罠の解除が出来るようになったことだ。

これまでは不器用過ぎて、不死身の身体で喰らって解除することしかできなかった罠を、事前に解除できるようになったのである。

無論、その成功率はまだまだ低い。しかし、このまま経験を積んでいけば罠解除のスキルを目覚めさせる日もくるだろう。俺たちは、そう確信していた。

「よし、それじゃあイライザ開けてくれ」

「イエス、マスター」

念のため距離を取って俺たちが見守る中、イライザがガッカリ箱へと挑む。

鍵穴と格闘すること数分。カチリという音と共にゆっくりとふたが開いた。イライザがこちらを振り向き――。

「申し訳ありません。失敗しました」

その胸には深々と矢が刺さっていた。

『イ、イライザさぁぁん！』

俺たちは慌ててイライザに駆け寄った。

彼女が解除スキルを覚える日は、まだ遠い。


「――――うーん、おかしいな。なんで階段がねぇんだ？」

翌日、俺たちの迷宮攻略は完全に行き詰っていた。

ガリガリと後頭部を掻きながら呟く。

アプリのマップを見ても、地図は完全に埋まっている。行き止まりは自分で入力するシステムのため、勘違いで行き止まりとしてしまった可能性はゼロではない。

だが、ちゃんと壁を視認してからアプリに打ち込んでいたため、入力ミスや勘違いはないという自信はあった。

他に考えられる可能性としてあるのは、二つ。抜け道があるか、あるいは複数回廊か。

前者ならもう一度注意深くこの階層を巡ればよいが、後者だった場合は最悪だった。

複数回廊とは、途中の階層で複数のルートに階層が枝分かれしている構造のことを言う。

いわば一つの迷宮に複数の迷宮が内包されているようなものであり、その場合の攻略時間は激増する。高ランクの迷宮ではすべての回廊の最奥にいるモンスターを倒さなければ主へのルートが開かれないなどのギミックがあるとも聞く。高ランクの迷宮攻略が遅々として進まない最大の要因だとも。

しかし、この迷宮は所詮Eランク。そんな迷宮に複数回廊？　ちょっとピンとこない。複数回廊は、基本的にCランク以上の深い迷宮にあるものだからだ。

その一方で、「これはギルドの試験だ、いろんなケースを内包していてもおかしくない」という思いも浮かぶ……。

現に、この迷宮に出てくるモンスターは非常に幅広い。

一階から十階まではFランクモンスターが出てきていたのだが、これがこれまで踏破したFランク迷宮の総集編のような多様さだった。

であれば、罠やギミックも数こそ少ないが一通り揃えている可能性があるのではないだろうか？

考え過ぎだろうか？　いや、しかしそんな経験を積ませるために、この迷宮の情報をすべて封鎖していると考えれば辻褄は合う。

「いつまでも考えていてもしょうがねぇだろ。とりあえず、この階層をもう一周隅々まで巡ってみようぜ。駄目だったら上の階でまたやる。それを延々と繰り返せばいい。別に、今回落ちたって何度でも挑戦できるんだろ？」

「ん、ああ……そうだな」

今回の試験、攻略期限は一月と定められているが、回数などは特に決められていない。むしろ三回失敗したらギルドで情報を購入出来るようになるなど恩情措置が図られているほどだ。

……確かにコイツの言うとおりだ。トライアンドエラーの気持ちでやってみるか。

こういう時、グイグイと前に引っ張ってくれる蓮華の性格はありがたかった。

俺たちは階層の入り口まで戻ると、右手まわりにこの階層をもう一巡し始めた。

一度倒した部屋のモンスターたちもすでに再出現していて一からの攻略となっていたが、むしろ経験値を稼ぐ機会だと割り切って戦うことにした。

そうして六部屋目の扉を開けた時。

「ん？　おおおおおおお!?」

俺は部屋の中にいたモンスターの一体に目を見開いた。

そこに居たのは、三体のモンスター。内二匹はもはやお馴染みとなったヘルハウンド。だが残りの一匹は、十センチほどの大きさの小さな少女だった。

小さな身体、褐色の肌、蝙蝠のような羽……間違いない、インプだ！

冒険者となって初めて遭遇したEランクの女の子モンスターに、俺は興奮を抑えきれなかった。

「うぉぉぉ！　行け！　倒せ！　なんとしてもあのインプを手に入れろ！」

そんな俺に蓮華が呆れたように言う。

「何興奮してんだ？　インプなんて今までも遭遇しただろうが。カードも落ちただろ？」

「馬鹿野郎、それは男だろうがッ。女の子じゃあ全然話が違うんだよ！」

「……まあ倒すけどさぁ。あんま期待すんなよ」

ため息を吐き、蓮華が光弾を放つ。それが戦闘開始の合図となった。

まずは、二体のヘルハウンドを片付ける。これまで何度も戦ってきた相手だ。ユウキとイライザは作業染みた動きで黒犬たちを叩き伏せ、首を噛み千切った。

インプは部屋を縦横無尽に飛び回りながら魔法を放っていたが、蓮華の魔法に防がれ、途中からは逃げ惑う一方となっていた。

この小悪魔の厄介なところはその回避能力で、小さく飛び回ることもあってとにかく攻撃が当たらない。最初会った時は、とにかく倒すのに苦労させられたものだ。

もっとも、今となっては対処法の分かった安牌に過ぎないが。

俺はマスクをかぶると、仲間たちを後ろに避難させ催涙スプレーを噴射した。

殺虫剤を浴びた虫のようにポテッと地面に落ちるインプ。その可愛らしい顔を涙と鼻水でぐしゃぐしゃにしてのたうち回っている。そこに、無慈悲にユウキの前足が振り下ろされ、あっさりと消滅した。

前足を上げたユウキが言う。

「あ、マスター！　インプのカードが出ましたよ！」

「なにぃ!?　マジか、でかした！」

俺は駆け寄ると、インプのカードを拾い上げた。

カードの中には、生意気そうな笑みを浮かべた銀髪の少女が描かれている。外見年齢は蓮華と同じくらいか？　西田の奴が泣いて羨ましがりそうなロリ美少女だった。

「うぉぉぉ、マジで女の子カードって落ちるんだなあ！」

「当たり前だろ、すべてのカードはそうだっつの」

興奮する俺を冷めた目で見ながら蓮華が言う。それに少しだけテンションを抑えつつ俺は説明した。

「いや、そうなんだけどさ。あんまりにも女の子モンスターと遭遇しないもんだから、どっかで生産されて極少数が市場に出回ってるんじゃないかと」

「んなわけねーだろ。で、それは使うのか？　Eランクだけど」

「ん、そうだな」

その蓮華の問いに、顎に手を当て考える。

売るか、使うか。売るというのも正直悪くはない。Eランクカードの買取価格は一万円から十万円。このインプは女の子カードなので、最低でも五万か六万は行くだろう。

が、それはあくまでギルドに売った場合の話。女の子カードの場合はギルドではなく直接冒険者に売るという手もあった。

ギルドは別に個々人のカードのやり取りを禁止してはいない。ただ、それによって発生したトラブルに対しても何もしてくれないだけだ。

事実、個人トレードはトラブルが非常に多いと聞く。

しかし、取引の主導権を握れる売り手側ならトラブルを避けることも難しくはない気がする。

支払いは現金のみ。直接会っての取引ならば、トラブルに発展する可能性は低い。なんせ、トラブルの最大要因である売る側の詐欺、詐称がないのだから。

もう一度カードを見てみる。

【種族】インプ
【戦闘力】６５
【先天技能】
・妖精悪魔
・初等魔法使い見習い
【後天技能】
・小悪魔な心
・一途な心

スキルについてアプリで調べてみると以下のように出た。
妖精悪魔：悪魔の妖精。妖精が悪魔に転じた存在ではなく、悪魔という種族の中の妖精的存在。魔法に対するプラス補正。
初等魔法使い見習い：初等の攻撃・回復・補助・状態異常魔法の一部を使用可能。
小悪魔な心：小悪魔的な性格。気まぐれに命令を無視する。自由行動に対するプラス補正。
一途な心：想い人に対する一途な心を持つ。恋愛対象への行動に強いプラス補正。
……これは中々悪くないスキルなんじゃないか？

戦闘力こそ低いが、この手のカードを欲しがる者たちにとってそこはご愛嬌だろう。

小悪魔な心の気まぐれに命令を無視するというところが少しマイナスの印象だが、そこを一途な心が補っている。インプを惚れさせる必要があるが、そこに燃えるという奴は多い。そうなれば、逆に小悪魔な性格がたまらなくなるはずだ。

うまく売れば市場価格と同じくらい、いやそれ以上の価格で売れるだろう。少なくとも四十万円は堅い……。

先月までの稼ぎと合わせれば、もう一度パックが引けるな……。

悪魔の誘惑が頭を過る。

強烈な成功体験が、俺を一発でガチャの虜にしていた。

その一方で、自分でこれを使いたいという思いもあった。

それはスキルがどうとかではなく、初めて自分で手に入れた女の子カードだというのが大きい。

せっかくだから自分で使ってみたい。しかし所詮はEランク……、パーティーの平均戦闘力よりも大きく落ちる。いや、それでも各種魔法を全部使えるというのは魅力的だし、何より召喚枠も一つ余っている。だが使ったところでどうなる……ただの賑やかしになるだけだ、それよりも売ってガチャの足しに……。

頭の中で二つの思いがせめぎ合う。

悩んで悩んで悩んで、決めた。

「と、とりあえず、使ってみるわ」

俺が選んだのは、保留だった。

名前をつけなければ売ることはいつでもできる。なら、ちょっと使ってみてからでも遅くないと思ったのだ。

「わ、じゃあ新しい仲間ですね！　楽しみだなぁ」

「後輩だからな、舐められないようにビシっと行くぜ」

「…………」

無邪気に喜ぶユウキ、不敵な笑みを浮かべる蓮華、無表情ながらもどこか楽し気なイライザを見て、俺は思った。

あれ、これもう迂闊に売れなくない？

ま、まあとりあえず呼び出してみよう。

「よし、インプ、出てこい！」

カードが光を放ち、ポンと小さな人影が飛び出してくる。

「――ジャ～ジャジャ～ン！　インプちゃん参ッ上！」

元気良く現れた手のひらサイズの小さな少女は、きょろきょろと周囲を見渡すと俺に目を止め、下から上までジロジロと眺めだした。

「うーん……」

「な、なんだ？」

「六十……いやおまけして七十点かな！」

「はぁ？」

え？　採点？　まさか顔とかじゃないよな？　つかここでもそのぐらいの点数かよ！

「それは、いい意味なのか悪い意味なのかどっちなんだ？」

「不合格じゃあない、伸びしろがある。好きな方を選んで？」

ニコリとやや尖った犬歯を見せて笑うインプ。可愛らしくも小憎たらしい、なんとも小悪魔的な笑みだった。

「で？」

「え？」

「だーかーらー、私は？　どう？　合格、不合格？　アタリ、ハズレ？」

ズイッと身体ごと近づけてそう言ってくるインプ。俺は、ふむ……とこの人形のような小悪魔を眺めた。

健康的な褐色の肌に、艶のある銀髪。髪型はサイドを長めにした前下がりボブで、雑誌のモデルのようにお洒落な感じ。眼はサファイアのように蒼く、少し猫っぽい。身に纏うのは、キャミソールのような薄いワンピースだけで、スラリと長い脚が覗いていた。

結論、外見だけなら百点満点だ。個人的にはもっと巨乳が好みだけどな。

というわけで。

「九十……いや、八十点かな」

「えー？　なんで十点下げたの？」

インプは不満そうに口をとがらせた。

「将来性を加味して、さ」

先ほどの意趣返しを込めた俺の答えに、インプは少しだけ眼を丸くすると……。

「いいね！　その答え気に入ったわ！　あと5点プラスしてあげてもいいよ」

パッと満面の笑みを浮かべそう言った。ようやく見せた、年頃のあどけない表情。……どうやらちょっとはやり返せたようだ。

「ありがとさん」

「それで、あなたたちが私の仲間？」

インプがくるりとカードたちへと向き直る。

「……イライザと申します」

「ユウキです、よろしくお願いします」

まずはイライザが、次にユウキが前に出て挨拶する。最後に、蓮華が自信満々に名乗り出た。

「そしてアタシが蓮華だ。足だけは引っ張んなよ、新入り」

「ふぅん……全員名前貰ってるんだー」

インプはそう呟くと俺の方に振り向いた。

「ね、ね。私の名前は？　とびっきり可愛いのがイイな！」

「はぁ!?」

それに真っ先に反応したのはなぜか蓮華だった。

「新入りが名前なんて図々しいぞ！　もっと活躍してから言えや！」

「ハ？　なにそれ。貴女に関係ないでしょ？」

「ああ？　アタシは先輩だぞ！」

「だから？　さっきからウザいなー」

「んだと、テメェ！」

蓮華がインプへと手を伸ばすが、スルリと躱される。そこへユウキが割って入った。

「まあまあ、二人とも落ち着いて」

「ああん？　お前、どっちの味方なんだよ！」

「どちらも、ですよ。ボクたち仲間じゃないですか」

「仲間？　いいや、アタシはコイツを認めないね。先輩に対する敬意がない！」

蓮華はインプを指さし怒鳴った。

コイツ……意外と上下関係にうるさかったんだなぁ。まあ、不良ってそういうとこあるよな。自分は親や教師に反抗する割には、先輩後輩の上下関係は絶対、みたいな……。

「別に認めてもらわなくていーもん」

一方でインプはそう言うのが嫌いなタイプのようで、興味なさげに髪を弄っていた。如何にも今時のギャルといった感じ。

それを見た蓮華が、顔を真っ赤にして俺を睨む。

「テメエ、わかってんだろうな。コイツに簡単に名前をやったらアタシは承知しねぇぞ！」

「わかったわかった」

そう言って蓮華を宥めると、今度はインプの方から苦情が来た。

「えー？　なんで？　私にも名前頂戴よ〜。仲間外れは酷くない？」

彼方を立てれば此方が立たず、か。とは言え、今回は俺も蓮華側の意見だ。名前をつけるのはまだ不味い。

「名前を考える時間くらいはくれよ。インプもその間に皆に認められる活躍をしてくれ。これでも、名前をつけるまでにはそれなりのドラマがあったんでな」

「ふぅん……ま、いいや。イイのを考えておいてね。……そこのよりさ！」

そう言うと、インプはひらりとユウキの肩に飛び乗った。

……どうやら彼女はユウキを自分の庇護者と認識したようだ。そう言えばコイツはこれでも妖精の仲間なのか。妖精の番犬クーシーにとって、インプも守るべき対象に見えたのかもしれない。

それがまた、妹分を取られたようで蓮華にとっては面白くないようだった。

二人の眼が合う。

『……チッ』

実に息の合った舌打ちであった。

【Tips】カードの価格

カードはランクが上がれば上がるほどドロップ率が下がり、またそれを取得できる者も限られてくるため市場価格は跳ね上がっていく。Dランクカード以下のカードはだぶついている為、一律市場価格の１０％と低いが、Cランクカードからは買取価格も跳ね上がる。

そのためDランクカードをギルドに売らず他の冒険者に売る者も多いが、それによるトラブルも多発している。ギルドはそう言った個人的な取引に関し黙認しているが、一方でいかなるトラブルにも介入しない。

また、ギルドでカードを買った場合は、年末の確定申告において経費として計上することができるが、他の冒険者から買ったカードは経費として計上することもできない。これは魔道具類も同様である。

A　市場価格：一般人は購入不可
　ギルドでの買取価格：なし。国との直接交渉　ドロップ率：不明
B　市場価格：１億～１００億
　ギルドでの買取価格：オークション形式　ドロップ率０．０５％
C　市場価格：１０００万～１億
　ギルドでの買取価格：定価の５０～８０％程度　ドロップ率０．１％
D　市場価格：１００万～１０００万
　ギルドでの買取価格：買取価格１０万～１００万円　ドロップ率１％
E　市場価格：１０万～１００万
　ギルドでの買取価格：買取価格１万～１０万円　ドロップ率５％
F　市場価格：１万～１０万
　ギルドでの買取価格：買取価格１０００円～１万円　ドロップ率１０％

第三話　蓮華さんは本当に後輩に厳しいお方

……意外なことに。

その後の探索は、思いのほか上手く回った。

当初、二人の不仲により連携に不備が生じることを懸念していた俺だったが、いざとなれば二人の相性はバッチリだった。

インプの戦闘力はこのパーティー内最弱だ。その役回りは、必然サポート役となる。しかし、彼女の魔法はどれも微妙なものばかりだ。

魔力の刃を放つスライス、少しだけ体力を回復させるレスト、一発だけ敵の攻撃を和らげてくれるバリアジャケット、敵の足元を滑りやすくさせるスリップ。この四つしか使うことができない。

どれも、大したことがない魔法だ。

スライスは、今のところ人間が包丁で切りつけた程度の威力しか出すことができない。

こう書くと結構強いようにも思えるが、モンスターは人間よりずっと頑丈だ。

その上、魔法の性質上、物理防御力でも魔法防御力でも防御することができる。

つまり、ゴーレムなどの硬い敵には頑丈さで抵抗され、レイスなどの魔法系の敵には魔力で抵抗されてしまうのである。

この時点で、俺はインプをアタッカーとして使うのは諦めた。

レストは、結構使えるという評価を下した。

傷や状態異常は治せないが、体力を回復させるというのは地味に助かる効果だ。

戦闘の役に、というよりも俺が迷宮を移動する際に非常に助かる。

この魔法自体は当然蓮華も使えるのだが、彼女の魔力は攻撃に回復にと活躍の場が多かったので、これまで温存せざるを得なかった。

その補強というだけで、十分助かる。

バリアジャケットについては、正直カスだ。

一発しか持たないうえに、服を厚着した程度の防御力しかない。唯一の利点は魔力消費が最小ということだけ。せっかくなので戦闘の前にとりあえず掛けておく、というような使い方となるだろう。

最後のスリップ……これについても効果は微妙だ。

俺に使ってみたところ、足の裏がツルツルになってまるで氷の上に立っているような感じになった。

だが、しっかりと踏ん張れば転ばずに済むし、効果も数秒しか続かない。

ユウキのような四つ足には効果が薄く、蓮華のように宙に浮かんでいる相手にはそもそも無意味というなんとも微妙な状態異常魔法。

――しかし、このスリップの魔法こそが我がパーティーに欠けていた最後の歯車だった。

基本的に、状態異常は相手に及ぼす影響が大きければ大きいほどレジストされる可能性が高まる。逆に言えば、しょぼい魔法ほど通る可能性は高い。

そこに、座敷童の運を操るスキルを加えてしまえば、同ランクへの状態異常はほぼ確実に通る。

つまり、スリップの魔法は必ず相手を転ばす魔法へと化けるのだ。

これまで、蓮華の運を操るスキルは、主に戦闘以外で役に立ってきた。

それは、『禍福は糾える縄の如し』というスキルが相手の生死を左右するほどの能力ではないからだ。

精々、運よく相手の攻撃を避けられたとか、偶然攻撃が上手く決まったという程度の幸運。

それでも十分役には立っているのだが、ここにきて状態異常を使えるメンバーが入ってきたことでその真価が見えてきた。

味方の幸運と、敵の不幸により状態異常の確率を上げる。状態異常により、勝負の天秤をこちらに大きく傾ける。

それが座敷童の本来の役割。

蓮華に必要だったのは、幸運や不幸を起こすためのきっかけだったのだ。

それは例えば、バナナを床に置くとか空き缶を転がすとか、なんでもいい。

相手に不幸をもたらす舞台装置さえあれば、バナナの皮を踏んで敵が転びましたとか、あるいは逆に転んだことで敵の攻撃を避けられましたとか、あとは勝手にこちらの都合が良い方に転がってくれる。

スリップの魔法は、相手を転びやすくさせるというたったそれだけの魔法は、座敷童の能力により最強のトラップに化けたのである。

……が、それを当人たちがどう思うかはまた別の話で。

「………………………………」

戦闘を終え、次の小部屋へと向かう道中を気まずい沈黙が支配していた。

先ほどの戦闘もまた、インプのスリップと蓮華の『禍福は糾える縄の如し』のコンボによりあっという間に終わった。

今回の敵の構成は、ゾンビとハイコボルト、ザントマン、ナイトメアの四体。ゾンビの耐久型ガード、ハイコボルトの眷属招集による増援、ザントマンらの眠り悪夢コンボという一見してイヤらしい組み合わせだった。

まずはザントマンを殺して悪夢コンボを崩し、増援を呼ばれる前にハイコボルトを殺す、と瞬時に判断した俺たちだったが、案の定ゾンビがその前に立ちふさがってきた。

まるで前回の焼き直しのような光景だったが、そこからが少し違った。

インプのスリップによりゾンビが転倒。その隙にユウキがザントマンを抹殺、遅れてイライザがハイコボルトの喉をスリングショットで打ち抜いた。その後はもう、消化試合だ。

ものの数秒で終わった戦闘に、俺たちはあっけなさすら感じたものだ。

俺やユウキは、蓮華とインプを絶賛した。が、二人は全く喜ばなかった。

お互いの能力の相性が良いことは当人たちも理解したのだろう。

だが、それが逆に面白くない。

蓮華は、気に入らない相手のおかげで自分の本領が発揮できたことが。インプは、気に入らない相手のおかげで実力以上に活躍できていることが。互いに互いのプライドを傷つけているようだった。

協力を拒むほどではないが、感謝はしたくない。二人からはそんな葛藤が窺えた。

結果、二人は互いの存在を出来る限り無視するという結論に達したようで、それがこの微妙な空気を作り出していた。

「…………………………はぁ〜」

こっそりとため息を吐く。

あー、どうにかならんもんかな、この居心地の悪さ。

一番簡単なのはインプか蓮華をカードに戻すこと。しかしそれは戻した方の機嫌を大きく損ねることになるだろう。

もしインプを売ることに決めたのならそれもアリだっただろう。が、使い道を知った今となってはコイツを手放す気はなかった。

となれば、なんとかして両者の仲を取り持ちたいところだが。

「おい」

そんなことを考えながら歩いていると、不意に蓮華から声をかけられた。

「お、おう、どうした？」

「お菓子食べたくなってきた。なんか出してくれよ」

「ああ、わかった」

蓮華が自主的に協力してくれるようになってからお菓子は報酬制ではなく、食べたい時に取り出す方式となっている。おかげで俺のバッグにはいつでもお菓子がある程度ストックされていた。

「お菓子!?　わぁ、私食べるの初めて！」

俺たちの会話を聞いていたインプが眼を輝かせる。……コイツもお菓子好きなのか。案外、蓮華と気が合うんじゃないか？

そんなことを考えながら、俺はパウンドケーキを皆へと一個ずつ配り始めた。ちょうどいいからここで休憩だ。

そうしてインプにも一つ渡そうとした時、横から伸びた手がそれを奪い取った。

「おっと、お前にはこれはデカすぎるだろ。アタシが代わりに食ってやるよ」

「ハァァァ!?」

蓮華……お前って奴はまたそんな子供みたいなことを……いや、まんま子供なんだけどさ。

お菓子を横から取られたインプは、当然のことながら激怒した。

「ちょ、それは私のでしょーが！　返せ！」

「うるせーなー、じゃあ一欠けらだけくれてやるよ。身体が小さいんだからそれで充分だろ？」

「体の大きさは関係ないでしょうが！　私たちはいくらでも食べられて何にも食べなくても平気なんだから！　いいから返せ、私だって楽しみにしてたんだから！」

「やなこった！　お菓子は働いたヤツだけが食っていーんだよ」

「私も働いたわ！」

「ハッ、アタシの力があってのことだろうが。でなきゃお前程度の力がどれほどの役に立つってんだ？」

「――――お前ッ！」

インプの表情がいよいよ険しくなり、本格的な喧嘩が始まりそうになったところで、ユウキが慌てて介入した。

「ちょ、ちょ、ちょ。そこまでです！　今のは、蓮華さんが悪いですよ。ほら、お菓子も返してあげましょう。ね？　マスター」

「ああ。蓮華そういうのは良くねぇって。ほら、足りないなら俺の分をやるからさ」

「…………………………チッ、そういうんじゃねぇんだよ」

「蓮華？」

蓮華が何か言ったが聞き取れず聞き返すと、彼女は首を振ってインプのパウンドケーキを俺に渡した。

「はぁ、なんでもない。ちょっとからかっただけさ。ホラ、返すよ」

「ん、ああ……。ほら、インプ、返ってきたぞ」

だが、涙目になったインプはそれを受け取らない。

「そんなの……もういらないもん！」

「あー、じゃあこっちはどうだ？　チョコレートだ。一口サイズで食べやすいぞ」

そう言って俺が小粒のチョコがたくさん入った箱を渡すと、インプは自分の身体ほどの大きさもあるそのケースを抱きかかえた。

ユウキと目配せし、インプの相手は彼女に任せることにする。

「インプさん、開け方はわかりますか？　開けてあげますね」

「……うん」

ユウキとインプのやり取りをしり目に、俺は少し離れたところに蓮華を引っ張っていった。

「なあ蓮華……どうしたんだよ」

「…………………」

蓮華は気まずそうに黙って何も答えない。

……この様子だと、自分でもマズイことを言ったって自覚はあるみたいだな。

となると頭ごなしに怒るのも良くないか。俺は出来るだけ声音を和らげると、静かに諭した。

「正直まだモンスターのことはよくわからないことが多いけどさ。戦闘力とか、スキルのことを言うのは良くねぇんじゃねぇの？　ほら、自分じゃどうしようもないコンプレックスみたいのもあるだろうしさ」

俺がそう言うと、蓮華は苛立たし気に頭を掻いた。

「あー、わかってるよ。明らかにアタシが言い過ぎた。つい……アレだ、わかるだろ？」

「ん……」

俺は察した。大方、沈黙が気まずくなって、喧嘩でも良いからコミュニケーションを取ろうとしたって感じか。

コイツ、最初の頃も俺にそんな感じだったもんなぁ。それで上手くいっちまったからまたやっちまったってことか。

でもそれが上手くいったのは、俺がある程度年上だったからだ。

見たところ、インプは外見も精神年齢も蓮華と同じくらいに見える。

それがあんな風にされたら……そりゃあ本当の喧嘩になる。

……ただまぁ、それも長い目でみたら悪いことじゃあ無いんだけどな。

これからずっとパーティーを組む以上、喧嘩は早めにしてしまった方がいい。

下手に不満を貯めこみ続けてから喧嘩すると、そのまま絶縁状態になるからな。

そういう意味では、すぐに感情を吐き出せる関係を作れたのは、悪くはなかったりする。

ただ一つ問題があるとすれば、この試験中に関係悪化によって連携が取れなくなることなのだが……。

俺がそれをなんて伝えようかと悩んでいると、蓮華が言った。

「あー、言わなくてもわかってるよ。戦闘はちゃんとやれってことだろ？　それくらいわかってるさ。たぶん、あっちもな」

「そ、そうか……じゃああとは俺からは何も言うことはない。でも、わかってるよな？」

「ああ……機会を見て謝るよ」

「うん」

そこへ、ユウキがやってきた。

「マスター、こちらは大丈夫です。インプさんも、戦闘はちゃんとやってくれると言っていました」

さすがユウキだ。俺の考えを何も言わずとも理解してくれている。

「ありがとう。悪いけど、しばらくは様子を見てやってくれ」

「はい」

決してお互いを見ない様に顔を背けあう小さな少女たち。

雰囲気の良さが取り柄だった我がパーティーに漂い始めた不穏な空気に、俺はこっそりとため息を吐いたのだった。

それから数分後。

俺たちは攻略を再開した。

道中は、蓮華とインプはこれまで以上に会話が無くインプはユウキと蓮華は俺とだけしか話さなかった。

やがて小部屋に着き戦闘を行ったが、インプも蓮華もちゃんと仕事をしてくれた。

それに一安心した俺だったが、やはりインプと蓮華の溝はより深くなっているように感じられた。

そうやって、和気藹々とはいかない空気の中で進んでいくと、不意にインプが言った。

「……あれ？　あそこの壁、ちょっとおかしいよ？」

「え？　そうですか？」

ユウキがそう言って行き止まりの壁を見やるが俺の眼にもごく普通の壁のように見えた。

「……私もうまく言えないんだけど、ちょっと違う気がするの」

「ん。イライザ、悪いけどちょっと調べてみてくれるか？」

「イエス、マスター」

イライザがつぶさに壁を調べ始める。が、何も見つからない。

「申し訳ありません、何も見つかりませんでした」

「そうか……」

あるいは抜け道かなにかならと期待したんだが……。

インプも自分の勘が信じられなくなってきたのか、浮かない顔をしている。

そこへ、蓮華が一歩前に出た。

「なるほどな……クソ、そういうことか」

「蓮華？」

「まぁ、見てな」

そう言うと、蓮華は奥の壁へと弾幕を放った。一体何を……ッ!?

次の瞬間、俺たちは目を見開いた。無数に風穴の空いた壁から、蒼い液体が噴き出したのだ。

この壁は……モンスターの擬態だったのか！

蓮華が悔しげに吐き捨てる。

「通路に敵は出ないって先入観にまんまと騙されたぜ。部屋の入り口に、壁に擬態して張り付いてやがったんだ」

「クソ、完全に盲点だったぜ。よくやった、インプ、蓮華。よし、行くぞ！」

「はい！」

壁に擬態したモンスター——おそらくはぬりかべだろう——が消えるのと同時に、俺たちは部屋へと突入する。

中で待ち構えていたのは、たった一匹の小さなモンスターだった。小型犬ほどの大きさのリスのような生き物で、額には紅い宝石がついている。

初めてみるモンスターだが、俺はそのモンスターの正体を知っていた。冒険者なら誰もが知っていると言っても過言ではないほどに、有名なモンスターであったからだ。

「カーバンクルッ！　うおおおお！　絶対に逃がすな！」

俺たちを見た瞬間踵を返して部屋の奥の通路へと逃げ出そうとしたそのカーバンクルを見て、

慌てて叫ぶ俺。

それと、ほぼ同時に、インプのスリップが炸裂した。

小さな悲鳴を漏らしてステンとひっくり返るカーバンクルを、すかさず蓮華が足で踏みつける。そのまま光弾を放とうとし――。

「蓮華！　待った！　ストォォップ！　できればトドメはインプに譲ってやってくれ」

「あん？」

「わ、私？」

怪訝そうな顔をする二人に、俺はカーバンクルについて説明した。

カーバンクルは、Eランク以上の迷宮で極まれに見つけることのできるレアモンスターである。戦闘能力はほとんど持たず、人の姿を見るとすぐに逃げ出してしまう。

この特徴でゲーム好きならピンときたかもしれないが、お察しの通りカーバンクルを倒すと戦闘力を大きく成長させることが出来る。ただしその経験値を得られるのは止めを刺したカードだけであり、他のカードは一切成長しない。

本来ならば一番成長の限界が高い蓮華にとどめを刺させるのが効率的なのだが……。

俺の眼差しを受けた蓮華が、小さく苦笑した。

「……わかったよ。ほら、止めを刺しな」

「え、でも……」

険悪だったはずの相手の温情に、躊躇するインプ。

そこに、蓮華が少しだけ照れ臭そうに言った。

「……ここを見つけたのはお前の手柄、だからな。これくらいの報酬……別にいいだろ」

「………………うん」

インプも照れ臭そうに頷き、カーバンクルへと攻撃した。

そんな様子を見て、俺とユウキはホッと胸をなで下ろす。

全く、ヒヤヒヤさせやがってガキどもはすぐに喧嘩して、すぐ仲直りしやがる。

正直、ちょっとだけ羨ましい。年を取るにつれて簡単に怒らなくなって、その分仲直りも難しくなるからな……。

ガキの頃、友達と些細なことで喧嘩して、翌日にはすぐ仲直りしたことを思い出した。あの時は……そうだ、アイツの欲しがってたトレーディングカードを交換してやったんだっけ。それで、俺も欲しかったカードを貰って……。中学が別々になって会うこともなくなり、今じゃ名前も思い出せない。

今までは思い出しもしなかったくせに、なぜか急に寂しく感じた。

「…………」

首を振り、意識を切り替える。

カーバンクルが死ぬと、そこには魔石と大粒の赤い宝石が残された。この宝石もまた、カーバンクルを冒険者が追い求める理由の一つだ。

この宝石はカーバンクルガーネットと呼ばれ、幸運をもたらすとしてガーネットの中でも特に人気があり、非常に高値で取引されている。

　この指の爪ほどの大きさの石でも、２００万はくだらないはずだ。

　売ってもいいし、誰かに贈っても良いだろう。俺はニンマリと笑いながら柔らかな布の袋にガーネットをしまった。

　さらにもう一つ、お楽しみがある。

　俺が視線を向けた先には、金色に輝く宝箱があった。

　カーバンクルを倒した時にだけ現れるという金のガッカリ箱だ。

　金箱は、通常のガッカリ箱の何倍もアタリが出やすいという。ただし、当然のようにハズレも普通に出る。金色であってもガッカリ箱はガッカリ箱というわけだ。

「よし、イライザ開けてくれ」

「はい」

　この階層の周回で随分と手つきがこなれたイライザが金箱と格闘し始める。

　頼む、今回は失敗しないでくれ〜。

　そうみんなで祈りながら見つめていると、イライザがこちらを振り返る。その顔には心なしか笑みが浮かんでいるようにも見えた。

「開きました」

『おお！』

　みんなで金箱に駆け寄る。そして目を輝かせながら箱を開けると、そこには――。

「ス、スキルオーブ！　大当たりだぁぁ！」

みんなで一斉に歓声を上げる。オーブの色は……青！　魔法系のスキルだ。

スキルオーブはその色で大体の系統が判別が付く。

青ということは、蓮華かインプということになるが……。

チラリと二人を見る。

正直、インプよりは蓮華に与えたい。彼女の方が魔力が高く将来性があるからだ。

だが、この良い空気の中では言い辛い。

なんと言ったものか、俺が悩んでいると。

「……何してるのよ、早く使えば？」

「えっ」

驚き眼を丸くする蓮華に、インプがそっぽを向きながら言う。その耳は、心なしか赤い。

「私が使ったって意味がない……でしょ？」

眼で良いのかと問いかけてくる蓮華に頷いてやると、彼女はオーブへとおずおずと手を伸ばした。

「……ありがと」

聞こえるか聞こえないかの小さな声で蓮華が呟き、スキルオーブを使用する。座敷童のカードが一瞬光り、新たなスキルを得たことを俺に教えてくれた。

蓮華が目を輝かせて俺に問いかける。

「で、で？　なんてスキルだった？」

「どれどれ……あ」

俺はカードに現れたスキルを見て、硬直した。

おい……マジかよ。こんな、ことって……。

「え？　そんなに凄いスキルだったんですか？」

「あるいは、……クソスキルだったとか？」

「お、おい……何が出たんだよ!?」

一気に不安そうな顔になる蓮華に、俺は引き攣った顔で答えた。

「……初等状態異常魔法だってよ」

『え』

場が凍り付いた。

みんなが一瞬だけインプへと視線を向け、即逸らす。

蓮華が天を仰いだ。

「……インプ、お前のことはなんだかんだ嫌いじゃなかったぜ。新しい所に行っても、頑張れよ……」

「ハァァァ!?　ちょ、ふざけんな！」

蓮華が告げた遠回しな解雇通知に、インプが一瞬で沸騰した。

「なんでこのタイミングでそのスキル!?　お前、どれだけ私のことが嫌いなのよ！」

「アタシだって知ってて使ったわけじゃねぇよ！」

「今からでもスキルオーブ返せ！　私の仕事を取るな！」

「無茶言うな！」

取っ組み合いの喧嘩をする二人に苦笑しながら俺は、インプと蓮華のカードを取り出した。

そこには、全く同じスキルが新たに刻み込まれていた。

【種族】座敷童（蓮華）
【戦闘力】３３０（５ＵＰ！）
【先天技能】
・禍福は糾える縄の如し
・かくれんぼ
・初等回復魔法
【後天技能】
・零落せし存在
・自由奔放
・初等攻撃魔法
・友情連携（ＮＥＷ！）：互いに友情を持つ者とスキルを連携することができる。
・初等状態異常魔法（ＮＥＷ！）

【種族】インプ
【戦闘力】１３０（６５UP！　MAX！）
【先天技能】
・妖精悪魔
・初等魔法使い見習い
【後天技能】
・小悪魔な心
・一途な心
・友情連携（NEW！）：互いに友情を持つ者とスキルを連携することができる。

「あーあ、こりゃもう売るわけにはいかないか」

名前、考えとかないとな。

俺はカードをしまうと、二人の仲裁に入ったのだった。

【Tips】スキルオーブ

迷宮の宝箱からは、スキルオーブと呼ばれる特殊な魔道具が出現する。スキルオーブはカードに与えるだけでお手軽に新しいスキルを覚えさせることができる。もしもスキルが被った場合、スキルの経験値として吸収され、スキルのランクアップの可能性を上げてくれるため決して無駄にはならない。

もし売ることが出来れば大金となるが、迷宮の外へと持ち出そうとすると消えてしまうため売ることはできない。また、決して良いスキルばかりが出るとは限らないため、博打の面もある。

第四話　それを　売るなんて　とんでもない！

それから程なくして、俺たちは最終階層への階段を発見した。

地図アプリを見てみれば、スタート地点からここまでそう離れているわけではない。あれほど時間をかけて探した階段が案外近かったことに脱力する反面、インプがいなければ未だ迷宮を彷徨っていたとも思い直す。

気を引き締めて階下に降りると、生臭い水の香りがまず鼻を衝いた。淀んだ川の香り……。まさかまたイレギュラーエンカウントか！　と後ろを見るも階段は存在している。そもそも風景自体はこれまでの石造りの回廊と変わっていない。

杞憂だったか……と胸を撫でおろして先に進む。

道は極めて緩やかな下り坂となっており、徐々に足元を水が浸食してきた。靴裏、足首、ふくらはぎと水はどんどん深くなっていき、膝を超えると動くのも一苦労になってくる。

見かねたユウキが言う。

「マスター、ボクの背中に乗ってください」

「おお……いや、でも戦闘になったら困るしな」

「すぐ下りれば大丈夫ですよ」

「じゃあ、お言葉に甘えて」

俺はそう言ってユウキの背に跨る。

牛並みの体躯を持つ彼女の上は、思いのほか高く、ちょっとだけ怖かった。

しかし、もこもこで柔らかい尻尾が俺をシートベルトのように包み込むと、その不安もすぐに消え去る。

……なんという至福の感触。今度からユウキに乗せてもらうか？

移動に苦労しなくなると、ここの主について考える余裕が生まれてきた。

まず敵のタイプについてだが、これは水棲系モンスターで間違いないだろう。迷宮のバックアップを受けて自分が有利なようにフィールドを作り替えているのだ。

Eランク迷宮の主ならば敵は当然Dランクモンスター。Dランクで水棲系となると、何がいただろうか。

水辺と聞いてパッと浮かんでくるのは、カエル、魚、蛇などか。カエルや魚のモンスターって何がいたっけ……。スライムも水棲系ではあるよな。コイツはどこにでも出るけど。ミズチとかの水棲系サーペントも候補に入るな。あとリザードマンも水陸両用ではあるか。

頭の中で敵の候補を上げているうちにも水はどんどん深くなっている。水位はすでにイライザの股下辺りまで来ていた。

このまま先に進んだら完全に水没したりしないよな？　そうなったら俺たちに踏破は無理だぞ。

そんなことを考えていると、ピクリと耳を動かしたユウキが鋭く警告した。

「マスター、敵が迫ってきています！」

「ッ！」

ユウキの言葉に一斉に戦闘態勢を取る仲間たち。俺も地面に降りてユウキをフリーにする。

……マズいな。予想以上に動きにくい。これは、ユウキとイライザはろくに戦えないんじゃないか？　撤退も視野に入れるべきか。いや、むしろもう引いた方が……。

そんな風にわずかに躊躇した数秒で、敵はすでに俺たちへと迫っていた。

「敵の姿を視認しました」

イライザの声に前を凝視する。

すると、凄まじい速度でこちらへと接近してくる亀の甲羅が見えた。

……敵は亀か？

そう思った次の瞬間、水面から勢いよく飛び上がった敵影がイライザへと襲い掛かった！

勢いそのままに押し倒そうとしてくる敵に対し、冷静沈着な我らがガードは、相手の腕を素早く掴み己の力を加えて壁へと投げつける。

それに対し敵は意外なまでの身軽さを発揮し、くるりと身体を回転させると足から壁に着地。

そのまま水へと再び潜水した。

すい～、と離れていく亀の甲羅を見ながら、俺はわずかに垣間見えた敵の姿を脳裏に再生した。

――――体格は成人男性なみ。肌は暗緑色で、手には鋭いカギ爪と水掻き。頭部には毛髪が生えていたが頭頂部は陶器のような質感で、一見すると禿げているようにも見えた。

間違いない。日本人ならこの敵を見誤ることはないだろう。敵は、河童だ。

参ったなDランクの中でも結構強いモンスターじゃねぇか。泳ぎは達者で、力も有り、背中の甲羅は防御が硬く、相撲も得意な技巧派でもある。

陸上では長時間活動できないという欠点がある為あまり人気はないが、一方でこうした水のフィールドではランク以上の力を発揮するモンスターだ。

どうするかな。主の正体が水棲系だった以上、ここは引いても良い所だ。試験会場はここだけではない。一月待てば、次の迷宮を紹介してもらえる。

今回手に入れた宝石を売って、こちらもDランクの水棲モンスターや水中での活動を助けてくれる魔道具を買うという手もあるだろう。

俺の気持ちが撤退に傾いたその時、蓮華が言った。

「……おい、なにボサっとしてんだ？　さっさと追撃しようぜ。今なら弱ってるだろうからよ」

「なんだって？」

「おいおい、もう忘れたのかよ。さっきアタシが手に入れたスキルはなんだった？」

「！　まさか……状態異常が通ったのか？」

「ああ、だから奴は慌てて逃げたのさ」

「ちょっと一人だけの手柄みたいに言わないで！　マスター、私も協力したんだから！」

「ヘイヘイ」

「状態異常の種類は？」

俺の問いかけに二人はニヤリと笑う。

『衰弱』

「よし、でかした。すぐ追撃をかけるぞ！」

イライザをカードに戻しユウキの背に跨る。この水のフィールドでは、その方が早い。

ユウキは中途半端に浅いこの水の中を、床を蹴るようにして泳ぐことで素早く移動していく。

移動すること一分ほど。荒い息を吐き壁にもたれかかる河童の姿を見つけた。すばやくイライザを呼び戻す。

衰弱は、体力を急激に削る状態異常だ。毒のように命を蝕むものではないが、ただでさえ体力の消耗が大きい戦闘中に、さらに体力を奪われるというのは毒にも等しい効果だ。

特に今回はスキル連携により、蓮華の状態異常魔法をインプの妖精悪魔の補正により強化してある。さぞや辛かろう。

こちらに気づいた河童が、先ほど同様に水中からの強襲をかけてくる。が、その動きは見る影もなく精彩を欠いたものだった。

イライザが、しっかりと相手の両腕を掴んで拘束する。河童は、それに噛みつきで対抗しようとするが、そこにユウキの爪が襲い掛かった。

河童の頭の皿は、簡単に割れるほど脆いものではないが同ランクのモンスターの一撃を耐えられるほどのものではない。

頭の皿ごとかち割られた河童は脳漿をぶちまけ、やがて姿を消した。

「やったー！　勝ったぁ！」

インプが喜びの声を上げる。

……勝った、か。これで俺も二ツ星――いや待て、おかしい。

ハッと周囲を見渡す。俺の予想を裏付けるように、三枚のカードたちは顔を引き締めている。

俺の目線を受けた蓮華がコクリと頷く。

「ガッカリ箱が現れない。まだ終わりじゃないようだぜ」

「え？　なに？」

何のことかわかっていない様子のインプに、俺は簡単に説明してやった。

「コイツは主じゃなくて眷属だったたってことだ」

だが、どういう絡繰りだ？

普通、迷宮の主が眷属として呼び出せるのは、下位のモンスター。ここでならEランクのモンスターが限度のはず。それがなぜDランクの眷属を呼び出せる？

俺は必死に頭を巡らすが、敵はそんな余裕を俺たちに与えてくれないようだった。

「マスター、敵の気配が近づいて来てます！　数は……六体です！」

「マジかよ、糞」

小さく毒づき、指示を飛ばす。

「イライザとユウキはまず敵の足止めをしてくれ。蓮華とインプは全員に衰弱をかけろ。全員に掛かったらインプはスリップで援護、蓮華は魔法攻撃で攻撃に参加だ」

『了解！』

全員がそう返すのと同時、バシャッと言う水音が前方から聞こえてきた。

そこに居たのは、六体の河童たち。

……おい、インチキも大概にしろよ？

俺は、激戦の予感に顔を引き攣らせた。


「あーん、もう疲れたー！」

十何戦目かの闘いを終え、インプが叫ぶ。それはみんなの内心の代弁でもあった。

「い、一体いつまで続くんだよ」

蓮華が荒い息のまま吐き捨てた言葉に、ユウキが答えた。

「さ、さぁ、主を倒すまで、ですかね」

こちらも息が荒い。むしろ、蓮華よりも体力の消費は大きいように見えた。

かく言う俺も、疲労困憊。足もガクガクだ。

水牢に囚われての戦いは、俺たちのように宙を飛べない面々の体力を削っていた。

「……今ので、何体目の河童だ？」

俺は、全く息を乱していないイライザへと問いかける。この時ばかりは、敵を喰らって回復できる彼女が羨まし……いや、やっぱあんまり羨ましくないな。

「イエス、マスター。四十五体目です」

「そうか……」

イライザの答えに、インプがウンザリした様子でため息を吐いた。

「うはあ、本当にキリがない。ねぇ、マスターもう帰ろうよぉ。魔力もあとちょっとしか残ってないしぃ」

「何言ってんだ、ここまで来たらあと一歩だ。もうちょっと頑張ろうぜ」

「でもよ、このままじゃじわじわ削られて負けだぜ？」

「いや、河童の数はもうほとんど尽きてる。そろそろ敵の親玉が出てくるはずさ」

俺の言葉に、イライザ以外の三人が怪訝そうな顔をした。

「なんでそんなことがわかるんだよ。もしかして……敵の正体が分かったのか？」

「ああ、敵の正体は十中八九、水虎だ」

俺だって、ただカードたちの奮闘を眺めていたわけではない。指示を飛ばしつつも、ちゃんと敵の正体を探り続けていたのだ。

水虎は、女の子カードでもないにもかかわらず一千万円近い額で取引されるDランク最強クラスのカードだ。

とは言っても、戦闘力自体は河童よりも多少上な程度でDランク全体から見ても中の上と言ったところ。

水虎をDランク最強クラスに押し上げているその最大の理由は、『同ランクのモンスターである河童を、最大で四十八体呼び出せる』というスキル『河童の大親分』にある。

数に限りがあるとはいえ、自分と同ランクのモンスターを召喚できるカード。

まさしく反則的な能力だ。

とは言っても、さすがに元々の能力はこれほど出鱈目なものではない。

呼び出される河童は幻影のようなもので、大体一戦闘ほどの時間で消えてしまう。戦闘力も本来の河童よりも落ち、四十八体のストックを使い切ればその日はもう使うことが出来ない。

おそらく、ここの水虎は河童を呼び出す能力を迷宮によって強化されているのだろう。

それが、Dランクモンスターが次々と湧いてくる絡繰りのタネだった。

「ヘッ、ってことはだ。後は数体の河童を倒せば糞野郎をぶちのめせるってわけだ」

「それは元気が湧いてくる話ですね」

「マスターって博識……カッコイイ」

蓮華とユウキが笑みを浮かべ、インプが俺に尊敬の眼差しを送る。

「ふふふ」

俺は意味深に笑いながら、そっとスマホを隠した。

ごめん、アプリで調べただけなんだ。

「マスター、噂をすれば親玉がしびれを切らしてやってきたみたいですよ」

「へぇ、最後まで眷属を嗾《けしか》けてくるかと思ってたのに」

俺がそう言うと、蓮華が嘲笑を浮かべて言った。

「そりゃそうだろ。これ以上手下がいなくなったら一人で戦わなきゃいけないじゃねぇか。こんなねちっこい戦術を取る奴にそんな度胸がある訳ねぇだろ」

「なるほどね」

そんな俺たちの会話が聞こえたのか。

通路の奥から肉食獣のような咆哮と共に水虎と河童たちが現れた。

河童たちが成人男性並みの体格なのに対し、水虎は二メートルを超える体格とボディビルダーのような鍛えられた筋肉を持っていた。

敵の姿を見た瞬間、インプと蓮華が同時に叫ぶ。

『衰弱！』

友情連携のスキルにより、拡大強化された衰弱の魔法が敵全体へと振り注ぐ。

さらに続けてもう一度。今度は水虎単体に対してだ。

「よし、全員通った！　あのデカブツには特に強力なのをくれてやったぜ」

「よくやった！」

……とは言っても、体力を消費しているのはこちらも同じだからな。消耗が同じくらいになるまで二～三分はかかるか？

敵も、時間経過が自分たちの不利になることを理解したようで、一気にギアを上げて襲い掛かってくる。

　どれを迎え撃とうと両サイドから立ちふさがったイライザとユウキの脇を抜け、二体の河童がこちらへと向かってきた。水中からの視線が俺を射抜く。

「――――俺狙いか！」

　イライザは水虎を、ユウキは河童①の相手をしておりこちらへは手が回らない。

　ザブザブと水を掻き分け後ろへと後退するが、水中を自在に泳ぐ奴らに比べてあまりに遅い。

　脚が空を切る感覚。疲れ切った足では体重を支え切れず尻餅をつく。

　致命的な隙。力を振り絞るように加速した河童たちが急速にこちらに迫り――――停止。

　一拍遅れ、青い血煙が水中を漂い始める。

　ニヤリと笑う。

　馬鹿どもが事前に張り巡らせておいたワイヤートラップに引っかかったのだ。

　そこへ、蓮華たちの連携状態異常魔法が襲い掛かる。麻痺の魔法。体を硬直させ、身動き取れなくなった河童を、一体ずつ始末していく。

　これで、まずは二体。

　伊達に四十五体もの河童と連戦したわけではない。すでに俺たちの間には河童駆除のノウハウがある程度確立されていた。

　河童共はよほどこの水のフィールドでの機動戦に自信があるのか、複数で襲い掛かってきたときは、必ずと言っていいほど俺へのダイレクトアタックを狙ってきやがる。

最初は面喰ったその奇襲も、来るとわかっていればむしろ飛んで火にいる夏の虫。おかげですっかり無様に後退する振りが上手くなってしまった。

一方で、敵は未だにこちらの情報を一切持っていない。襲い掛かる敵をすべて皆殺しにし続けた甲斐があったというものだ。

さて、残りは水虎と河童のみ。イライザは……苦戦しているか。

Dランク下位の彼女と、主として強化されたDランク最上位の水虎では、さすがに後者に分があった。それでも、頭だけは庇い必死に食らいついている。

が、一方でユウキは河童を見事に封殺していた。時間経過とともに動きに精彩の無くなってきた河童を、少しずつ削り取っていく。そこへ、蓮華の光弾が加わり、最後の河童も脱落した。

これで残りは主だけ……。

だが、ここで焦ったりはしない。時間は俺たちの味方だ。

ユウキが加勢したことで、イライザと水虎との闘いは膠着状態に落ち着く。そこへ、蓮華たちが麻痺の状態異常魔法を掛けていく。

主の状態異常耐性補正と麻痺が状態異常魔法の中では重い方であることも手伝って、なかなか通らない。

が、焦らず二度、三度と重ねて駆けていく。そして四回目。ついに麻痺が通った。

体を硬直させる水虎。そこを、全員で袋叩きにしていく。それで、ようやく戦いは終わった。

水が、潮が引くように消えていく。

あとには、水虎の落とした魔石と、ガッカリ箱が残された。

『お、終わった～』

みんなのため息交じりの声が重なった。

なにこれ、クッソ疲れたんだけど！　これがEランク迷宮？　は!?　いきなり難易度上がり過ぎだろ！

そりゃ新人の半数以上がEランクで躓くわけだわ。

ただ一つ言えるのは、この迷宮はEランクの中でも間違いなく難しい方だということだ。

Dランク最上位の水虎が、眷属召喚能力を強化されて出てくるとか……Dランクカード一枚を主力としている平均的一ツ星冒険者では、間違いなく踏破は無理だ。

引き際を間違えたら、普通にカードをロスト……というか死んでもおかしくないだろう。

別に、ギルドがわざとそういう主が出る迷宮を選んでいるとかそういう話じゃない。

この手のスタンダードなタイプの迷宮は、属性がないため出てくるモンスターが完全なランダムなのだ。それは主も同じこと。

だが、それでDランク最強クラスの水虎が出てくるとか……やっぱ俺って運が悪いのか？

水虎もカードを落とさなかったしな！

いやまぁ、Dランクカードのドロップ率って1％だから落ちないのが普通っちゃ普通なんだけどさ。

それでもこれだけ苦労すると見返りが欲しくなるというのが人情というもので。

あ、そうだ、見返りと言えば……。

「忘れてた。ガッカリ箱を開けないとな」

重い腰を上げてガッカリ箱に向かうと、思い思いの格好でだらけていたカードたちも集まってきた。

どれだけ疲れていても、やっぱこの瞬間だけは疲れを忘れる。

「よし開けるぞ」

そう一声かけて箱を開ける。踏破報酬の箱には罠がないので、安心して開けることができた。

中に入っていたのは魔石と……液体の入った試験管。

おい、この流れ前も見たぞ……。こんだけ苦労してまたポーションかよぉ〜。

しかもこれ、何か青白く発光していてちょっと口に入れるには抵抗ある色合いをしている。

飲んだら被曝しそうな予感がしてくるというか。

もしかして、これ大ハズレなんじゃ……。

そう俺が内心で落ち込んでいた時、ふらふらとビンに手を伸ばす影があった。

「……蓮華？」

「ッ！」

ハッとした様子で我に返る蓮華。

「どうした？　なんか様子おかしかったぞ」

「あ、ああ……いや、なんでも、ない」

そう言いながら、彼女の眼はポーションにくぎ付けだった。

一応他の面々の様子を窺うも、特に変わった様子もない。蓮華を怪訝な顔で見ている。

「もしかして、これが何か知ってるのか？」

なんとなく問いかけると、蓮華は珍しく目を泳がせ、自信なさげに答えた。

「……たぶんだけどアムリタ、だと思う」

『アムリタ!?』

アムリタとは、インド神話に登場する不老不死の薬である。

無論、これはお話のアムリタとは違い不老不死の効果はないが、若返りの効能と瀕死の状態からでも全治する治癒の力があった。

治癒の力だけでもポーションとして最高級とわかるが、人々を熱狂させたのは若返りの能力の方だ。

一瓶につき一歳。それがアムリタの若返り効果。たかが一歳、されど一歳。権力者が追い求めるには十分な価値がある。

なんせ、一年に一本飲めば永遠に生きていられるのだから。

それ故に、アムリタは馬鹿みたいな値段でやり取りされている。

ギルドにも、一本一億円で買い取りますとデカデカと書かれてあった。

あくまで買取価格でそれだ。実際に市場に回った時、いくらで取引されているか……想像もつかない。

金があれば手に入れられるものでもないらしく、直接取引ならその何倍もの値で買い取ってくれるだろう。

……もっとも、ちゃんとお金を支払わせる力がその当人にあるならば、だが。

しかし、とんでもないものを手に入れてしまった。

いや、まだこれが本物のアムリタと決まったわけではないだろうが、こうしてみれば何とも神秘的な色合いをしているではないか。まるで地球という星をそのまま液体にしたかのような神々しさだ。

ど、どうしよう。すぐにでも売った方がいいかな？　そうすれば一気に億万長者だ。カードの戦力強化も一気に進む。

あるいはとっておくか？　いつ死ぬかもわからない冒険をしているわけだし、万が一のためにとっておくというのは全然アリだ。家族になんかあった時のためのお守りというのもいいだろう。

いや、しかし、もし俺がアムリタを持ってるのがばれたら殺してでも奪おうとしてくる奴らが出てくるんじゃ……。やっぱり売った方が……。

そんなことを考えていると、蓮華がじっと俺を見ていることに気づいた。

いや、見ているのは俺ではなくアムリタだ。

そこでようやく、なぜ彼女がこんなにもアムリタに執着しているのか、そしてこれをアムリタと見抜けたのかという疑問が湧いてきた。

「なあ蓮華……なんでこれがアムリタと思ったんだ？」

「え？　いや、なんでかわからないけどこれを見た瞬間頭にアムリタって湧いてきたんだよ」

「ふむ……」

蓮華……いや座敷童とアムリタは関係があるのか？　いや、そんな逸話は聞いたことがない。

いっそ蓮華にアムリタを飲ませてみれば謎が解けるかもしれないが、そのために一億を棒に振るつもりはさすがにない。

が、気になる。すごく気になる。

やっぱこれは取っておくことにしよう。本当にアムリタかわからないし、もしそうだったとして急に億の金が入るのは……ちょっと怖い。

売るのはいつでもできるわけだし、それまでは頑丈なケースの中に保管しておくことにしよう。

俺はそう決断すると、迷宮を後にしたのだった。


唐突だが、最近ウィスパーを始めた。

いや、ウィスパー自体は前から当然やっている。そうでなきゃ、学校で話題についていけなくなるからだ。クラスメイト用のオフィシャルな奴と、趣味用のプライベート奴の二つを持っていた。

そこに、この度新たに冒険者用のアカウントを始めたのだ。

理由は特にない。

強いて言うなら、クラスメイトの奴らにカードを自慢できなかったフラストレーションをどこかに発散したかったと言ったところか。

女の子カードというだけでフラフラと寄ってくる羽虫どものおかげで、開始二週間でフォロワーはあっという間に千を超えた。ここから一万の大台をいかに超えるかが腕の見せ所といったところか。

これまでは、三人娘の冒険中の何気ない風景を撮ったり、蓮華の食った菓子のレビューをしたり、イライザの演奏動画――むろんハーメルンの笛ではない笛で――を載せてきた。

あざとい可愛さやお色気、収入に関する情報は極力排除するよう努力している。

変な客層や要求が増えるからな。

反応が良いのは、蓮華の歯に衣着せぬお菓子のレビューだ。

若干ヤンキー入っている座敷童というギャップと、意外に鋭く的確な感想が若い女性を中心にウケているようだった。

逆に男性層に人気なのはイライザの演奏風景で、自我がないとされるグーラーにここまで仕込んだことを称賛するコメントが多い。

コメントの中には同業者からと思われるものも多く、中にはうちのカードを売ってくれという者もいた。まぁこれは名前をつけていることを公開したら無くなったが。

今回の投稿は、新しく入った仲間……インプについてだ。

笑顔の一枚と共に簡単な性格についても載せる。

蓮華とのお菓子を巡る喧嘩やその後の仲直りエピソードについても、攻略情報に触れないよう簡略化して書いた。

投稿したばかりだが、反応は上々だ。

そうしてコメントに返信して時間を潰していると、自分が呼ばれていることに気づいた。

昨日晴れてEランク迷宮を踏破した俺は、学校帰りにライセンスの更新に来ていたのだ。

「番号札六十七番の方～。いらっしゃいませんかー？」

「あ、はーい」

慌てて受付へと向かう。俺の顔を見た女性職員が、にっこりとほほ笑む。

「大変お待たせしました。おめでとうございます、こちらが二ツ星ライセンスになります」

「ありがとうございます！」

頭を下げ、ライセンスを受け取る。

簡素な白地の一ツ星ライセンスと異なり、二ツ星ライセンスはブロンズカラーの少し高級感あふれるものへと交換されていた。

表面には、大きく星二つと俺の顔写真、氏名、住所、登録した場所が記載されている。

裏面には、俺の実績が載っており各ランクの迷宮の踏破実績と賞金首の討伐実績が書かれていた。

俺の場合は、【☆ハーメルンの笛吹き男（F）】と書かれている。Fランクの迷宮でハーメルンの笛吹き男を倒しましたよ、という意味だ。

ライセンスは、身分証としても使え、レンタルビデオ店の会員カードだって作れる。

銀行の通帳を登録することで、換金した魔石や賞金なども振り込んでもらえるうえ、ギルドでの買い物はこのカード一枚で済ますこともできた。

カードを胸ポケットにしまい、その場を後にする。

……ふふふ、これで俺も二ツ星冒険者か。セミプロと言われる冒険者まであと一歩。そしたら大手を振ってクラスの奴らにも自慢が出来るだろう。

いや、二ツ星の段階でも十分自慢できるか？　高校生で二ツ星なんてほとんどいないだろうしな。今回の収入だって、宝石を抜いても踏破報酬で三十万、魔石の換金で五万と三十五万も稼いでいる。これに、道中で得たFランクカード数十枚とEランクカード十数枚、ガッカリ箱から出た魔道具も入れればさらに金額は上がる。

偶然の産物だったカーバンクルと、本物かどうかはわからないアムリタ（仮）を抜いてこの収入だ。そんじょそこらのサラリーマン以上の月収を、一発で稼いだ形になる。

こんな額を一発で稼げる高校生が他にいるか？　これを言えば、クラスのみんなも俺を憧れの眼で……いや、やっぱ駄目だな。

収入でのアピールは、嫉妬を招く。タカリや、足を引っ張ろうとしてくる奴も出てくるだろう。

人から真に評価されるには、収入ではなく実力や名誉で選ばれなくてはならない。

ギャンブルで数億稼ぐのと、金メダリストがCMで数億稼ぐのでは全くイメージが異なる。

やはり、三ツ星だ。収入ではなく、三ツ星という箔が俺には必要だ。

そんなことを考えていたからだろうか。

エレベーターから出てきたその人物に、俺は気づくことが出来なかった。

「――あれ？　……もしかしてきたじ、じゃなくて北川君やない？」

「ッ!?」

ギョっとしてそちらを見ると、そこには柔和な笑みを浮かべた小野が立っていた。

「いや奇遇やな～。どうしたんこんなところで。ここはギルド、市役所は違う階やで」

「あ、ああ……」

ヤバイ。こんなところで小野に出会うとは。なぜ？　コイツはいつも南山と立川の方に行っているんじゃなかったのか。もしかして南山も来てるのか？　しまった、八王子ではなくもっと遠いところにすべきだった。考えてみりゃ、立川と八王子じゃ近すぎる。最寄り駅がここだからとか言ってないで、三ツ星になるまではもっと離れたところにすべきだった。いや、今はそんなことを考えてる場合じゃない。小野の質問に答えないと。

「あれ、もしかして自分も冒険者になりに来たん？」

小野が笑いながら言う。いや、眼が笑っていない。

俺のあからさまに動揺した様子を見て、何かに感づいている。今からでもフォローできるか？　冒険者ってどんなもんか気になってちょっと寄ってみたんだよ、とか。……駄目だ、言い訳としても苦し過ぎる。それに、下手に誤魔化したら、カミングアウトの時どう影響するか。とりあえず、俺は今日冒険者になりに来たわけじゃあない。これは本当だ。首を振り、言葉少なに答えた。

「いや」

「あ、もしかして、自分も冒険者なん？　へぇ、一体いつから！」

バレた！　小野の口調は断定的だった。カマかけですらない。俺の態度から、すでに冒険者になっていることを完全に確信している。もはや、誤魔化せない。浮かべた笑みは、自分でもわかるほど引き攣っていた。

「ちょっと前から、かな」

「なんや、それならそうと言ってくれればよかったんに。他に誰かこのこと知ってるんか？」

探りを入れられている？　いや、自分だけが知らない可能性が不安なのか？　もし他のリア充グループが知っていたら、小野だけが情報操作されていることになる。コイツも、リア充グループの地位を維持するのに必死なのか？　そう言えば、コイツはなぜ急に冒険者になったんだ？　単に南山に影響されたものとばかり思っていたが。

「いや、皆には言ってない」

「……へぇ、じゃあ僕だけなんか」

「ッ！」

ぞわり、と背筋が総毛立った。一瞬、本当に一瞬だが、小野が酷薄な笑みを浮かべた気がしたのだ。

「そうかそうか、北島君も冒険者やったんか、これからよろしゅうな」

そう言って踵を返す小野に、俺は反射的に問いかけた。

「小野は、どうして今日ここ？」

「ん〜？」

小野は振り向かずに答えた。

「なんとなく、なんとなくや。でも、来て良かったわ」

「…………………………」

俺は、去っていく小野の姿に嫌な予感を覚えずにはいられなかった。

【Tips】アムリタ

ポーションの中には、傷や病を癒すだけではなく若返りや長寿をもたらすモノも存在している。アムリタもその一つで、死んでさえいなければ脳みそだけの状態からでも五体満足に治してくれる治癒の力と、一歳ほどだが若返りの力を持つ。

似たようなものとして、万病を癒し寿命を十年長くしてくれるエリクサー、最高の美酒であり呑めば十年年を取らないソーマ酒、不老長寿となる仙丹などが存在する。

かつて仙丹が発見されその効果が鑑定された際、オークションに出され十兆円の値が付いた。落札したのはアメリカの大富豪だったが、その日の内に暗殺され仙丹は何者かに奪われた。また、仙丹を発見した冒険者も幸福にはならなかった。

第五話　嫌な予感は大体当たる

朝、教室の扉を開けると纏わりつくような視線を感じた。

普段はまるで注目されない俺が、クラスメイトほぼ全員から見られている。

……なんだ、何が起こっている？　しかも、朝のまだ早い時間だというのにほぼ全員が来ているのも妙だ。

俺は強烈な違和感を覚えつつ、とりあえず挨拶した。

「……おはよう」

「北川さあ……」

俺の挨拶に対し碌に返事もせず名前を呼んできたのは、ナリキンの野郎だった。

ナリキンは、ニヤニヤと嫌な笑みを浮かべながら俺に言う。

「冒険者、やってんだって？」

クラスメイト達の視線が一気に強くなる。皆が私語を中断してこちらを注視しているのがわかった。

……やっぱ、そういうことか。小野の奴、みんなにバラしやがったな。

俺は面白そうにこちらを見る小野を見て内心で舌打ちした。

おそらく、クラスメイト達がほとんど揃っているのも奴の差し金だ。たぶん「明日の朝おもろいもんが見られる」とでも昨日クラスのグループに流したのだろう。

東西コンビの姿も見える。不安そうな顔で俺を見ていた。

「なあ、なんで言ってくんなかったんだよ。つかなんで冒険者になったんだ？　あ、もしかして南山とか小野の真似？」

明らかにこちらを馬鹿にするようなナリキンの言葉に、奴の友達を中心に「プフッ」という噴き出すような音が聞こえた。

他のクラスメイト達もあまり好意的な視線ではない。

……ヤバいな。そう思った。

どうしちまったんだ、俺は。やっぱ、ハーメルンの笛吹き男と出会ったことでどっか壊れちまったのかもしれない。

こんな吊し上げのような空気なのに、いじめの一歩手前みたいな雰囲気だというのに。

まるで全然怖くなかった。

以前なら動悸がして足が震えるような圧力の中に居るというのに、俺の中にはむしろ強い活力が生まれようとしていた。

「なあ、どんなカード持ってんだよ、ちょっと見せてみろよ」

無言の俺を見てビビってると思ったのか、ナリキンが俺に手を伸ばしながら言う。

俺はその手を躱し、思いっきり顔を近づけるとナリキンを睨んだ。

格下と思っていたはずの相手の威嚇に、ナリキンがギョッと怯む。

「なあ、お前と俺って友達だったか？」

「え、あ……？」

「違うよな。少なくとも俺は、お前のことが好きじゃない」

「う……」

ナリキンは小心者だ。好意を抱いていなかったのはお互い様だろうが、面と向かって嫌いと言われてすぐ言い返せるほど強い芯は持っていない。少なくとも言い返すまでに少しばかりの逡巡がある。そこに更なる追撃をかける。

「馴れ馴れしいんだよ」

いつぞやの体育の時間のように強めに肩を押してやると、ナリキンの眼がキョドキョドと目が泳ぎだした。

本当に弱いヤツにしか強気に出れないんだな、と俺は本気で呆れた。

……まあ、それはみんな同じか。俺を含めてな。

「…………」

俺は素早くクラスメイト達を見渡した。

クラスメイト達の多くは、俺の反撃に少し驚いている。その中でも、あまり気が強くなく、俺と話した事のある古賀という男子を見つけ、俺は問いかけた。

「古賀。俺が冒険者やってるって誰から聞いたんだ？」

もちろん、答えは知っている。これは、クラスメイトに名指しで犯人を指定させるのが目的だった。

「え、あ、小野くんが、その」

「小野が？　なんて言ってた？」

「昨日ラインで明日朝はやく来れば面白いことがあるからって」

「ハァァァ……」

俺はあからさまに大きなため息を吐いた。全身で不満を示す。

「小野、なんだよ、これ。俺、お前になにかしたっけ？」

困惑した顔を作り、小野へと問いかける。突然の悪意に戸惑うフリをした。

「いや、ごめん！　まさかこんな空気になるとは思わんくて。昨日北川君も冒険者やってるって知って嬉しくなってついばらしてもうた」

小野の対応は素早かった。まずは謝罪から入る。そして自分の行動が悪意によるものではないとアピールした。……巧い。

リア充グループの小野が謝っているのだ。それが嘘とわかっていても、ここでさらに追求すれば、俺が邪推している感じになる。それがクラスカーストの差だ。

「まあ、わざとじゃあないだろうけどさ。隠してたってことはそれなりの事情があるわけじゃん？　それをみんなにバラされるような真似されたら誰だって面白く思わねぇよ。……なあ？」

みんなへと問いかける。

誰だって、秘密の一つや二つあるものだ。それをリア充グループだからと言ってみんなにバラされちゃあたまらない。

クラスメイト達の反応は、概ね俺に同意するものだった。

「いや、ホントすんまへん。こういうサプライズは今後無しにするわ」

よし、ここはひとまず俺の一勝だな。

相手から、謝罪と秘密をバラさないという言質を取れた。

これで、今後奴がこういった真似をみんなにすれば誰でもこの約束を持ち出すことができる。

クラスメイト達の「やるじゃん」という視線を感じた。

だが、相手も一筋縄ではいかなかった。

頭を下げていた小野が、笑みを浮かべて俺を見る。

「――ところで北川君はなんで冒険者やってること隠してたん？　べつに隠すようなことじゃないと思うんやけど」

「…………………」

この野郎、突っ込んできやがったな。俺がそこを一番突かれたくないというのをよく理解している。

実際は、隠すつもりは全く無く、小野が一足先に冒険者になったせいで言えなかっただけだしな。もしや、それを察してこう言ってきてるんじゃないだろうな。

しかし、どうするか。ここで言いたくないと突っぱねることもできるだろうが、それは少しばかり感じが悪いだろう。

というか、今更だがなぜコイツはこんなにも俺を攻め立ててきやがるんだ？　ナリキンの奴が俺の足を引っ張ろうとしてくるのはわかる。奴にとってリア充に成り上がろうとする俺なんて目障りなだけだろうからな。

だが、小野はすでにリア充グループの一員。他の人間など蹴落とす必要なんて……。

いや、いまはそんなことを考えている場合じゃない。とにかくなにか返事をしなくては。

「……まだまだ未熟だし、恥ずかしかったからかな」

俺が苦し紛れに言った言葉の粗を小野は見逃さなかった。

「うん？　それどういう意味？　もしかしてボクらのこと未熟で恥ずかしいってバカにしてます？」

「ッ！」

う、ヤバイ。そう来たか。確かに今のは、俺が南山と小野というリア充グループの二人を馬鹿にしたようにも聞こえる。

先ほどのこともあって小野は険しい表情は作ってないが、ピリッとした空気を出し始めた。

……やむを得ない。ここはあの路線で行くしかないか。

俺は恥ずかし気な表情を作ると言った。

「あー、いや、そういう意味じゃないんだよ。紛らわしくてすまん。俺はプロを目指してるからさ。だから今は、まだまだ未熟で恥ずかしいって意味」

「プロ!?」

一瞬だけ、小野が本気で驚いたような顔をした。クラスメイト達もざわつく。

無論、嘘だ。二ツ星で十分稼げるのだ、プロにまでなる必要は全くない。むしろ、命の危険が増すだけだ。

先ほどの未熟だから恥ずかしかったという言葉に矛盾が出ないようにするには、目標が高いということでごまかすしかなかったのだ。

「へ、へぇそりゃすごいなぁ。でも、北川君もボクとそう始めた時期変わらないんちゃうか?」

「まあ小野とほとんど同じだよ。なって一月ぐらい」

「それでプロってのは、ちょっと気が早いんとちゃう？　まだ二ツ星にもなってないやろ？」

冒険者になっただけの駆け出しのくせに、プロを目指しちゃう勘違い野郎。そんな意味を言外に含ませつつ小野が言う。

クラスメイト達の視線の中に、痛い奴を見る眼が混じり始める。

……ここだ、ここでカードを切るしかない！

俺は何食わぬ顔で言った。

「いや、二ツ星にはもうなったよ」

『なっ!?』

複数の驚愕の声があがる。

「嘘だ！」

そう叫んで立ちあがったのは、南山だった。それを見た小野が小さく顔を顰める。……今までやけに静かだと思っていたら、小野がなにか制止していたのか？

「南山くん、今はボクにまかせ――」

「本当に二ツ星冒険者ってんならライセンスを見せてみろよ！」

小野の小さな声が耳に入らなかったのか、興奮しながら俺に詰め寄ってくる南山。

「ああ、いいけど」

俺は内心のニヤつきを出さないように気をつけながら、昨日得たばかりの二ツ星ライセンスを取り出す。

南山がそれをひったくるように手に取り、凍り付いた。

「う、ほ、本当に二ツ星ライセンスだ……」

「ちょ、ちょっとボクにも見せて。う、ホンマや。し、しかも、イレギュラーエンカウント討伐実績まであるやん!?」

小野の思わず上げてしまったという驚愕の声に、クラスメイト達がざわつく。

イレギュラーエンカウント。その名と脅威を知らない奴はこの中にいない。

かつて奴らが起こした凄惨な事件は、テレビにも教科書にも何度も出てくるのだから。

それがたとえＦランク迷宮で出たものであっても、それを倒したというのは十分な箔だった。

それこそ、プロを目指しているという言葉に説得力を生むほどに。

俺が薄く笑みを浮かべながら手を差し出すと、小野が引き攣った顔でカードを返してきた。

……ふ、勝ったな。

「……いやあ、北川君てすごい人やったんやなぁ。ボクらも一応冒険者やから余計すごく感じるわ」

「まあ偶然のおかげでもあるけどな」

「いやいや、運も実力のうちやで。しかし羨ましいわ」

「ん？　なにが？」

俺が首を傾げると、小野はニヤリと笑った。

「いや、だってこの短期間に二ツ星になれたってことはよぽど強いカード持ってるんやろ？ご理解のある両親をもって、ホンマ羨ましいわぁ。ボクなんかバイトで貯めた金で買ったカードやから弱くて弱くて」

「ッ!!」

小野の言葉にクラスメイト達の見る目が一変する。

プロを目指す冒険者のクラスメイトから、親の金で調子こいてる冒険者へと。

一瞬にして、俺の印象が切り替わったのを感じた。

こうなると、二ツ星ライセンスもイレギュラーエンカウントの印象もがらりと変わってくる。

「よければ北川君のカード見せてくれへん？」

小野の追撃は、強烈だった。

マズイ……今の蓮華たちを見て、俺が自力で手に入れたと思う奴はいないだろう。今の蓮華を店で買おうと思ったら数千万はするはずだ。そんなカードをなり立ての学生冒険者が手に入れられるわけがない。確実に、親が金持ちで買ってもらったと思うはずだ。

百万のパック一発で当てたという言い訳を信じる奴がどれだけいるか。少なくとも俺は信じない……。

ここからなにか逆転の手は……。

…………な、ない。なにも、思いつかない……。

「ん？　どうしたん？」

小野が微笑みながら俺を勝ち誇った眼で見たその時。

「――マロっちはちゃんとバイトして金貯めてたよ」

そんな声が静寂を切り裂いた。

ハッとそちらを見る。

声の主は、四之宮さんだった。彼女は机に肘をつきながらこちらを見ている。

「半年くらい前からだったかな。スーパーで毎日汗だくになりながら働いてるの見たし。ねぇ、静歌？」

四之宮さんが隣の牛倉さんにそう問いかける。

「うん、見ない日の方が少なかったくらいだからホント毎日働いてたと思うよ。放課後から閉店までいつ行ってもいたし。家計とか苦しいのかなって思ってたけど、夢のためだったんだね」

リア充グループの中でも女子全体に影響力の強い二人の言葉に、教室の空気ががらりと変わった。

「ハ、ハハ。なんや、四之宮さんらめっちゃ北川くんに詳しいやん。もしかしてどっちか付き合ってるん？」

「――は？」

そんな苦し紛れの茶化しに返ってきたのは、絶対零度の視線だった。

「小野、そういうのツマンナイんだけど」

一瞬だけ、小野の表情が酷く歪んだ。なんだ？　つまらないって言葉がそんなに気に障ったのか？

「っていうかさ。バイトしないで親の金で買ったの、小野の方じゃね？　いつも放課後だれかしらと遊んでたじゃん」

「ッ！　ま、まぁ休日と夏休みメインで働いてたからそう見えたかもしれへんな」

「ふぅん、まあいいけど。あのさ、努力してる人の足を引っ張る様な真似、やめたら？　そういうの、見ててホントイラつく」

そう言うと、四之宮さんはもう我関せずという態度でスマホを弄りだした。

「…………そうやな、なんか、途中から変に熱くなってなってもうたわ。堪忍な北川くん」

「あ、ああ」

深々と頭を下げる小野に、俺はなんとか頷いた。

突然の状況の変化にまだ頭がフラットに戻っていなかった。

……なんとか、なった、のか？　四之宮さんは、俺を助けてくれたのだろうか。

あの四之宮さんが？　ギャル系グループのトップで、アイドル並のルックスで、読者モデルもやってる彼女が……俺を？

なんだか現実のこととは思えず、ピンとこなかった。

俺がただただ戸惑っていると、頭を上げた小野が不意に言った。

「――――ところで北川君はプロ目指してるってことはあの大会には出るん？」

あの大会？

怪訝そうな俺の顔を見た小野が驚きの表情を浮かべる。

「なんや、知らんかったん？　次のクリスマスに学生限定のモンコロの大会が開かれるんや。テレビ放送もされるんやで」

そう言って小野はスマホを操作し、見せてきた。

なになに？　『集え、学生冒険者！　超新星はだれだ！』か。

超新星って恒星が滅ぶ一瞬のことじゃあ……。ま、まぁいいか。

部門は大学生と高校生以下の二つ。どちらも三ツ星以下のアマチュアクラスのみ。

ルールは三対三のスタンダードルールか。開催日は十二月の二十一日から二十三日までの三日間。クリスマスに編集された映像がモンコロクリスマス特番として放送される。

受付締め切りは試合の一週間前まで。ギリギリまで集めるつもりか。

参加賞としてポーション、ベスト４まで残った選手にはＤランクカード一枚。優勝賞品は――。

「Ｃランクカード、ヴァンパイア。しかも……女の子カードか！」

そこには、黒髪にドレス姿の妖艶な女吸血鬼のイラストが描かれていた。

「どや、凄いやろ？　女ヴァンパイアやで、女ヴァンパイア！　めっちゃ欲しいわぁ」

「あ、ああ」

確かに欲しい。しかし、それは他の者も同じこと。全国から学生冒険者が集まるだろう。中には三ツ星クラスもいるはずだ。

そんな中を勝ち残って優勝するのは至難の業。もしかしたらカードを失ってしまうかもしれない。そんなリスクを背負ってまで出場する必要があるのか……。

「北川君はもちろん出るやろ？　プロになるならＣランクカードは一枚でも欲しいやろうし」

う。クラスメイト達が俺を見ている。

……ここで、出ないとは言えない、か。

そうなれば、プロになるとはなんだったのかとなってしまう。

実際、優勝賞品は喉から手が出るほど欲しい。ベスト４に残るだけでもかなりのプラスだ。

最後の最後に、小野に刺されたか。

まあ、いい。一枚でもロストしそうになったら即棄権だ。

「ああ、もちろん……出るさ」

『おお！』

歓声を上げるクラスメイト達。

小野が言質を取ったと笑う。

「いやぁ楽しみやなぁ！　クリスマスはみんなで集まって応援させてもらうで。ってその時はもう試合は終わってるか！」

小野は微塵も俺が勝ち残るとは思っていない様子だった。

どうせ、途中でカードを失って冒険者廃業してしまえばいいとすら思っているのだろう。

だが……これはチャンスだ。確かに、ピンチではあるがそれだけに乗り越えればクラスカーストで成り上がることができる！

ここで確かな実績を残せば、俺が確実にリア充グループの仲間入りだ。

本来は三ツ星にならなければ出られなかったモンコロに出られる、またとないチャンス。

行けるところまで行ってやる……！

俺は密かに闘志を燃やすのだった。

【Tips】モンスターコロシアム

冒険者たちがカードを使って戦うさまを観戦する新しい娯楽。プロ冒険者が互いのカードがロストするまで戦うデスマッチ、女の子モンスターオンリーのキャットファイト、複数の冒険者が一人になるまで戦うバトルロワイヤル、数十人の冒険者が赤軍・白軍に分かれて戦う軍団戦など、様々なコンテンツがある。

残酷だ、人道に反しているなどの批判はあるが、このモンスターコロシアムが冒険者ブームの火付け役となったのは誰の眼から見ても明らか。

飽食の時代、民衆はやはりサーカスを求めていたのかもしれない。

第六話　高収入－経費＝無所得

「よぉ、大変だったな。見てるこっちが冷や冷やしたぜ」

小野との会話が終わり、席につくと東西コンビが真っ先に話しかけてきた。

西田が俺の肩を叩きながらそう言うと、東野も「ナリキンへの啖呵はスカッとしたよ」と笑った。

「あ、あぁ。……あのさ」

「しかしマロが冒険者だったとはなぁ。あのバイト漬けの日々はそう言うことだったんだな」

「正確にはいつごろから始めたんだ？」

冒険者になったこと黙っててごめん、そう言おうとした俺だったが会話の流れに押し流されてしまった。

とりあえず西田の質問に答える。

「あー、十月の終わりくらいだよ」

「マジで最近じゃねぇか」

「それでもう二ツ星かよ、すげぇな。よくわからないけど、一ツ星から二ツ星になるだけでも大分大変なんだろ？」

「あ、ああ。Fランク迷宮は日帰りで攻略できるところも多いけど、Eランク迷宮はどうしても泊まり掛けの攻略になるから。罠とかも多いしな」

「はぁ〜、そりゃ大変だわ」

「やっぱ楽して金を稼げる仕事なんてねぇんだな」

「でさ、マロはどんなカード持ってんだよ」

西田が眼を輝かせて問いかけてくる。

俺がそれにカードを取り出そうとすると、東野が西田を制した。

「よせよ、どうせクリスマスにはテレビで見れるんだからそれまで楽しみにしておこうぜ」

「ああ、それもそうだな。ってか、大丈夫なのか？　小野に誘導されるように大会に出ることになっちまったけど」

「ああ……正直気が進まないところもあるけど、良いチャンスだとも思ってるよ」

頬を掻きながらそう言うと、東野は納得したように頷いた。

「そうか……まあプロ目指してるんだもんな」

「クラスの奴らは面白半分だけどさ、俺らはマジで応援してるから。頑張れよ」

「ありがとう……」

友人たちからの心からの応援に胸が少しだけ熱くなった。

冒険者になることを黙っていたというのに、変わらずに接してくれる。冴えない奴らだが、間違いなく良い奴らだった。

「ところで、実際ちょっとくらいは勝てそうなのか？」

「ベスト4……は無理としても、二回戦くらいは勝てそう？」

「馬鹿！　プレッシャー掛けるのはやめろよ。一回戦で負けたらかわいそうだろ？」

「あ、ああ、そうだな、ごめんマロ」

「お前ら……」

応援していると言っておきながら実際はまるで期待していない様子の悪友たちに、俺は頰を引きつらせる。

俺は、フンと鼻を鳴らすと、不敵に笑った。

「まあ見てな。俺の力を見せてやるよ」


「うわ～ん！　蓮華モ～ン、クラスの奴らが意地悪するんだよぉ～」

放課後。迷宮に着くなり俺は蓮華を呼び出し抱き着いた。お腹に顔を埋めるように縋りつく。

いきなりのことにギョッと眼を見開いた蓮華だったが、すぐに状況を理解したようで……。

「しょうがないなぁ、マロ太くんは。今度はいったいどうしたんだい？」

蓮華が俺の頭を撫でながら言う。

「かくかくしかじか、で」

と口で言ってから俺は今日あったことを順に話していった。

朝学校に行ったら教室の空気がおかしかったこと。俺が冒険者をやってることを勝手にばらされていたこと。嫌味な奴らが絡んできたこと。それを撃退したは良いが、小野というクラスの中心人物に、モンコロの大会に出るように誘導されてしまったこと。

大体のあらましを聞いた蓮華は呆れたように言った。

「なるほど、それで大会に出ることになってしまったと。君は実にバカだな。まるでおだてられて木に登る豚じゃないか」

「そんなこと言わないで助けてよ！　このままじゃクラスに居場所が無くなっちゃうよ～」

「仕方ないなぁ。そんな時はコレ！」

そう言って蓮華が袖から取り出したのは、藁人形だった。

…………えっ？

思わず素に戻る。

「座敷童の藁人形～。……Om《オン》・Mahaa《マカ》Shriye《シリエイ》・Svaahaa《ソワカ》」

蓮華は最初だけドラ○もん風の声真似をやった後、急に低い声で呪文を唱え始めた。

藁人形が一瞬だけ黒い光を放った、ように見えた。

「ふぅ、これでマロ太くんに意地悪をしたクラスメイトに呪いが掛かったよ」

「え、どんな？」

「満員電車の中でウンコを漏らす呪い」

………………怖ッ。

え、マジで呪い掛かったわけじゃない、よね？　冗談、だよな？

カードは迷宮以外では使えないし、迷宮の外に影響をもたらせない。迷宮内で敵に状態異常に掛けられても、迷宮から出れば解除されるのは実験で証明されている。

まさか、噂の【呪いのカード】でもあるまいし……大丈夫、なはず。

だが、真実を尋ねる勇気はなかった。

「ごほん、ま、まあ冗談はこれくらいにして。大会に出ることになってしまった以上、できれば優勝を目指して頑張りたいと思ってるんだよな」

「そりゃまあ、いいけどよ。それに出ないって選択肢はねーのか？　クラスの奴らなんか無視すりゃいいんじゃねーか？」

「まあ、どうしてもヤバそうならそれもアリだけどさ。正直賞品が魅力的なんだよな」

と言いつつ、俺は大会のHPを印刷した紙を蓮華へと見せた。

「どれどれ。ベスト４に残った段階で十六種のDランクカードから一枚贈呈。優勝者にはトロフィーと女ヴァンパイアか。……なるほどねぇ」

「女ヴァンパイアは普通に買えば七～八千万はするからな。これが男のヴァンパイアとか他のCランクカードなら無理して出るつもりはないけどよ」

「もし優勝できればイライザをランクアップできるってわけか」

「ああ、俺らはどうしてもイライザに負担を押し付ける形になってるからな。ここいらで報いてやりたいと思ってる」

俺の話を聞いた蓮華は、前髪をかき上げ小さくため息を吐いた。

「イライザのためとなるとアタシも弱いな。ＯＫ、アタシも出来る限り協力してやるよ」

「おお、ありがとう」

「で？　具体的なプランはあるのか？」

「ああ、まず大会のルールからなんだが……」

俺は蓮華へと説明し始めた。

大会は勝ち残り式のトーナメントで行われ、試合形式はスタンダードルールが適応される。

モンコロでの戦いには、一対一のデュエル、三対三のスタンダード、数十枚のデッキを組んで戦うエキスパートルールなどが存在し、スタンダードルールは最もポピュラーな方式となる。

スタンダードルールでは、選手たちは事前に十枚のカードで構成されたデッキを登録する。試合ではデッキの中から三枚を選び、戦っていく。一試合ごとの時間は十分。マスターがダイレクトアタックを受けるか、場に出ているカードをすべて失った場合敗北が確定する。試合時間を過ぎても決着がつかなかった場合、生き残っているカードの数が多い方を、同数の場合は審判が定めたテクニカルポイントで勝敗をつける。

持ち込める道具類は、魔道具の類のみ。ただし使用できる回数は大会中五回まで。また試合中での使用に限るとする。簡単に言うと、ポーションは有りだが、催涙スプレーは無しということだ。

「とまぁ、こういうトーナメント方式の大会では、如何にデッキの枚数を減らさずに勝ち進んでいくかが重要になるわけだ。本来のメンバーをどのタイミングで出すかも重要となるな」

「現状だと、アタシとユウキ、イライザで三枚か。あとの七枚をどう決めるかがポイントになりそうだな」

……いや、あの蓮華さん。あと一枚うちにはレギュラーがいるんですが。

「大会まであと二十日しかないからな。俺としては十枚すべてを戦力にするのは厳しいと思ってる。初期の三枚を限界まで鍛えて、インプをDランクにランクアップさせる。残りを一芸の有るEランクカードで埋める……ってのが現実的なラインになると思うんだよな」

「ふむ……」

俺の言葉に蓮華が一瞬考え込み。

「あのよ、アムリタを売って戦力を整えるって手もあるんじゃねぇか？」

ああ、なるほど。たしかにその手もあるが……。

「いや、アムリタは保険に取っておきたい。万が一、お前らの内一枚でもロストした時に売って蘇生できるようにな」

一億あれば、蓮華含めて全員の蘇生が出来る。俺が大会への参加を決めた最大の理由がこれだった。

尤も、これが本当にアムリタであればの話だが。

鑑定すれば一発でわかることではあったが、もしかしたらメンバーを失うかもしれないという危機感を持つためにあえて鑑定はしないつもりだった。

「なるほど……そういうことなら何も言うことはねぇよ」

俺の説明を聞いた蓮華はあっさりと引き下がった。

「よし、それじゃあこれから忙しくなるぜ。目標はEランク迷宮を最低五個踏破だ！」

その日から、俺たちの怒涛の迷宮攻略の日々が始まった。

ギルドで予め迷宮の情報を買い、Eランク迷宮の中でも階層が浅く攻略が容易いものを選んで攻略していく。

Eランク迷宮の踏破報酬は階層数×二万円。情報料は地図と罠の種類、出現モンスターの情報で二万円ほど。最も浅い十一階層の迷宮であっても、一つにつき最低二十万円の収入だ。

俺はこの十一から十三階層ほどの浅い迷宮を休日に一個、平日には二、三日かけて踏破していった。

移動はユウキに跨り時間と体力を節約する。それでも無理な迷宮踏破に、レストの魔法で体力を回復させても徐々に疲労が体に蓄積されていくのが分かった。

一方、学校では少しずつ俺が大会に出るという話が広まりつつあった。

廊下を歩くだけで視線を感じ、誰かがひそひそと俺の話をしているのも聞こえた。教師たちからも、楽しみにしてるぞ、なんて声をかけられたほどだ。

それらの大半は好奇心や応援といったものだったが、少なくない割合で悪意的なものも感じられた。誰もが頑張る人を応援できる人間じゃあない。

もし俺が大会で無様な姿をさらせば、そいつらの見えない悪意は実際に牙を剥いてくることになるだろう。プレッシャーがズンと肩にのしかかってくるようだった。

学校でも気が休まらず、疲労はたまる一方で、俺は日に日に鬼気迫る表情となっていった。

そんな俺を見て、クラスメイト達の眼も少しずつ変わってきた。

当初は、実験前のモルモット、あるいは舞台公演前のピエロを見るような感じだったのが、徐々に見守る様な目線へと変化してきたのだ。

最初に声をかけてくるようになったのは運動部の連中で、疲労を取るための体操やマッサージ、果物などを教えてくれた。

どうやら、今の俺を大会前の追い込みをしている自分と重ねたようだった。

東西コンビも助けてくれた。ネット上で大会に出ると公言している選手の情報を集め、その手持ちなどを纏めてくれたのだ。

不透明だったライバルたちの情報は、俺により明確な目標を与えてくれた。特に優勝候補と目される面々のカードには、大いに刺激された。

そうして、大会までの間に俺は計九個ものEランク迷宮の踏破を果たした。合計階層数は、106階層。踏破報酬は212万円、情報料を差し引いて194万となった。

これに道中で手に入れた魔石と魔道具、要らないカードを纏めて売却し、146万円。さらに幸運にもカーバンクルを発見し、これを狩り、カーバンクルガーネットをゲット。以前手に入れた分と合わせて430万の値が付いた。

計770万。俺の貯金総額は860万となった。

これは俺が狙っていたカードの売値とほぼ同額であった。

そのカードの名はエンプーサ。ギリシャ神話に登場する夢魔で、真鍮の両脚、蝙蝠の羽、驢馬の尻尾を持つとされる美女である。

サキュバスと同系統なだけはあって、Ｄランクカードでも屈指の人気を持つカードだ。おかげで、碌なスキルも持っていないにもかかわらず８５０万もした。

俺がこれほどのハイペースで迷宮を踏破していったのは、大会までにどうしてもこのカードを欲しかったからだ。

エンプーサは、インプがランクアップ可能なカードの一つなのである。

大会を勝ち抜くには、主力が三枚では少なすぎる。俺はそこにどうしてももう一枚カードを加えたかった。

最大戦力である蓮華とのシナジーを持つ彼女を……。

インプからエンプーサへとランクアップした彼女へと、俺は名前を与えることにした。

その名はメア。古い英語で夢魔を表す言葉だ。インプの進化先はいろいろと考えていたが、エンプーサにしたことでサキュバスを目指すことが確定したため、それに沿った名前とすることにした。

これが今の彼女のステータスだ。

【種族】エンプーサ（メア）
【戦闘力】２０５（６５ＵＰ！）

【先天技能】
・吸精：対象の魔力と生命力を吸い取り蓄えることが出来る。
・夢への誘い：強力な眠りの魔法を使用可能。
・三種の変化：美女の姿から犬、牛、驢馬の三つの姿へと変身できる。
【後天技能】
・小悪魔な心
・一途な心
・友情連携
・初等魔法使い見習い
↓初等魔法使い：簡単な魔法をすべて使用可能。

戦闘力がすでに65UPしているのは、インプ時代に高めた戦闘力を引き継ぐことが出来たからだ。また後天技能はすべて、先天技能は初等魔法使い見習いを引き継ぎ、元々エンプーサが持っていた初等攻撃魔法を吸収してスキルを成長させることもできた。

実はメアのランクアップをする前に適当なFランクカードをFランクカードにランクアップさせてみたのだが、そちらは高めた分の戦闘力も後天技能も全く引き継ぐことが出来なかった。

ランクアップの引継ぎは、運と使い込み具合に左右されるとは聞いていたが、予想以上に使い込み具合が重要なようだ。

これは他のカードたちのランクアップの参考にさせてもらおうと思う。

ともかく、これでやれるだけのことは終わった。

あとは、実力を出し切るだけ。

そうして、試合当日がやってきた。


——モンスターコロシアム。

それは、冒険者たちが互いのカードを駆使し戦う新しいスポーツだ。

そもそもの始まりは、第二次アンゴルモアで東京ドームが迷宮化してしまったのが始まりだった。

東京ドームは、迷宮としてはかなり特殊な構造をしており一日一体の主が出るだけとなっている。

よって、それを倒してさえしまえばイベントをするには問題なかったのだが、さすがに迷宮で野球などのイベントを行うことはできず、東京ドームは巨大な箱となってしまった。

野球は新しくドームを作るとして、なんとか東京の象徴の一つである東京ドームを有効活用したい。

そう考えた時の都知事は、イタリアのコロッセオがやはり迷宮化してしまったことに目を付け、ギルドと協力して東京ドームをモンスターコロシアムへと作り替えたのだ。

当初は批判もあったが、これは結果的に大成功に終わった。

なんせ見世物となっているのは、ほんの少し前まで空想上の存在とされていたモンスターたちだ。

エルフやドラゴンなどの幻の生物たちが、時に華麗に、時に牙を剥きだしにして殺し合うさまは、人々を熱狂させた。

毎日のようにＴＶ放送もされ、毎週金曜夜九時に放送されている『グラディエーター』は、プロ冒険者が互いのカードをロストするまで戦うということもあって、現在視聴率一位を独占し続けている超人気番組となっている。

コロシアムの試合を中心に生活している冒険者をグラディエーターと呼ぶが、それはこの番組が由来となっているほどだ。

その他にも、女の子モンスター限定の『キャットファイト』や、三ツ星冒険者限定の『プロの卵たち』などコンセプトを変えたものが曜日と時間を変えて毎日のように放送されている。

今回俺が出る『集え、学生冒険者！　超新星はだれだ！』も、『プロの卵たち』がクリスマス特番のために企画した番組だ。

視聴率的には、『グラディエーター』の裏番組となってしまうが、それでも高校生以下の学生たちにカードバトルとは言え殺し合いをさせるというかなり攻めた企画のため、なかなかの注目が集まっているようだった。

今回、高校生以下の部に参加した学生は全部で６８名。参加は表明しても当日来なかったり、途中で参加を取り消したりした結果この数まで絞られた。

そもそも高校生以下の冒険者が少ないことを考えても、相当の数が集まったと言えるだろう。

「…………………………」

当日。俺は、東京ドームホテルの一室で静かに自分の番を待っていた。

さすがにクリスマス特番というべきか、番組は豪勢にも選手ひとりひとりに東京ドームホテルの一室を用意してくれた。

下手に選手同士を同じ空間においてトラブルを起こしたくないという考えなのだろう。

俺たちも高額なカードを失うリスクで、出演料も出ないのに参加しているのだ。優勝するため、最低でもベスト４に残るためどんなことでもするという奴が出てもおかしくないだろう。

選手同士の妨害の可能性を避けるため、戦う相手も直前までわからないようになっている。

まぁこれは当日まで選手が本当に来るかわからないため、事前に決める訳にはいかなかったというのもあるだろうが。

今頃、人工知能が入力されたデータをもとに盛り上がる組み合わせを作っているころだろう。

俺は一回戦で使う予定のカードを取り出した。

一枚は、イライザだ。

【種族】グーラー（イライザ）
【戦闘力】２００（６０UP！　MAX！）
【先天技能】

・生きた屍
・火事場の馬鹿力
・屍喰い
【後天技能】
・絶対服従
・性技
・フェロモン
・奇襲
・静かな心
・庇う
・精密動作：より正確な動作を可能とする。
・演奏（ＮＥＷ！）：演奏技術に対する一定の知識と技能を持っている。特定行動時、行動にプラス補正。
・罠解除（ＮＥＷ！）：罠の解除に対する一定の知識と技能を持っている。特定行動時、行動にプラス補正。

戦闘力が成長限界に達し、演奏と罠解除のスキルを得た。直接戦力に繋がるスキルではないが、彼女のスキルの数々は俺のハイペースな迷宮攻略に大いに役立ってくれた。

ダイレクトアタックが即敗北につながるこの大会では、庇うのスキルをもつ彼女はスタメンでの出場となるだろう。
残りの二枚はEランクカードの中からスキルに優れたものを選んだ。

【種族】ナイトメア
【戦闘力】６０
【先天技能】
・夢魔の使い：夢魔の使い魔。睡眠状態の対象に限り、強力な吸精を使用可能。
【後天技能】
・気配遮断

【種族】ザントマン
【戦闘力】７０
【先天技能】
・眠りの砂：触れたものを眠りに落とす砂。
【後天技能】
・状態異常強化：状態異常を強化する。
・先制攻撃：最初の行動に強いプラス補正。

Eランク迷宮攻略しているとき、一番印象に残った敵がこのザントマンとナイトメアのコンビだった。

こいつらはその中でも優秀な後天スキルを持っており、ザントマンはエンプーサになったばかりのメアを眠りに落とし、ナイトメアの気配遮断はユウキ以外気づくことが出来なかった。

何度も使える組み合わせではないが、初見殺しとしては十分に使えると俺は見ていた。

頭の中で、戦闘のシミュレーションを何度も繰り返す。

相手の戦力が分からない以上妄想に近いものだったが、最も上手くいったパターンを何度も想像することにより、スムーズな行動を可能とするのが目的だった。

と、その時部屋の内線に電話がかかってきた。

「はい」

「北川様、対戦が近づいてきましたのでご準備の方をお願いします。備え付けのTVの方に、対戦相手と会場への案内が表示されますのでご覧ください」

「わかりました」

電話を切り、TVをつける。

心臓がドキドキしてきた。俺の対戦相手は一体どんな奴なのか。

「――――なっ!?」

それを見た俺は、驚愕に目を見開いた。

わが目を疑い、何度も内容を確認する。
しかし、いくら確認しても現実は変わらない。
画面に映し出されていたのは――――南山だった。

【Tips】カードのランクアップ

カードは、上位のカードを用意することでランクアップすることが出来る。ランクアップのメリットとして、元々使っていたカードの容姿・記憶・性格を引き継げることが挙げられる。また使い込み次第では上昇した戦闘力とスキルも受け継ぐことが出来るが、これは運にも左右される。ランクアップするためには、未使用（初期化されている）かつ、同系統で性別が一致している必要がある。

例：グーラー→ヴァンパイア、クーシー→ガルム。など。

第七話　そんなに恨まれることとした……？

『さあ第一回戦、六戦目。まずは選手の入場です！』

アナウンスに促され、ゲートを通ると眩しいほどのライトが俺を出迎えた。

ローマの円形闘技場を意識した内装は、いざ自分が立ってみると実に殺伐とした印象を受けた。土埃のにおいがそれに拍車をかける。

観覧席は、閲覧チケットの当たった観客たちで隙間なくうまっており、その中には見つけることはできなかったが俺の家族もいるはずだった。

俺の入場から数秒遅れて、南山が姿を現す。奴は、凄まじい形相で俺を睨みつけていた。

マジで南山が出てやがる。アイツ、そんなことおくびにも出さなかったくせに。

『次の二人はなんと、同じ高校に通うクラスメイト同士！　普段は机を並べて勉強する二人が、運命のいたずらにより戦いを強いられることとなってしまいました。解説の重野《しげの》さんは、この二人の冒険者登録にも立ち会ったとか』

アナウンサーの声に、思わず実況席を見る。え、重野さん？　あの人何やってんの？

『そうですね、二人のことは印象に残っていますよ』

『ほう、元自衛官でBランク迷宮の踏破実績もある重野さんの印象に残りましたか。それはどのような？』

『南山くんは堅実な、北川君は博打好きな印象を受けましたね』

『ほう、博打好きと申しますと？』

『うーん、詳しいことは言えないんですが、目標のためにならばすべてを投げ捨てることが出来る意思の強さを持っていると言った感じですね。この手のタイプは早々に消えるか、圧倒的速さで上り詰めるかの二択なので、よく覚えています』

『ほうほう、情報によれば南山くんは冒険者歴半年以上で一ツ星冒険者、一方で北川君は二か月程度にもかかわらずすでに二ツ星冒険者となっていますね』

『二か月で二ツ星はかなりの速さですね』

『対照的な二人がどのような戦いを見せるのか、楽しみです』

……個人情報駄々洩れだな、と苦笑する。さすがに、俺がいきなりパックを買うという博打を打ったことまではバラさなかったようだが。

しかし重野さんが元自衛官だったとは。まあ考えてみれば不思議ではない、か。

ギルドでは、元自衛官や元冒険者を積極的に採用していると聞く。引退した軍人や高ランク冒険者が、安定を求めてギルドの職員になってもなんら不思議はない。いくらお金を持っていても、日本は若い無職に厳しいからな。その点、公務員と言う肩書は安心感が違う。

不思議なのは、ここに重野さんが呼ばれていることだが……まあどうでもいいか。解説に元冒険者が呼ばれるのはいつものことだしな。

そんなことより、だ。このアナウンサー……なーにが運命のいたずらにより戦いを強いられることとなった、だ。思いっきり仕込んでるだろうが。一回戦でいきなり知り合いと当たるとか、どんな確率だよ。

だが、まぁいい。俺としても、心のどこかで南山と決着をつけたかったことは確かだ。

かつて、南山が俺たちに放った言葉は、今も心の中にしこりとして残っている。

ヤツも俺に思うところがあるようで、にらみ合う俺たちの緊張感は加速度的に高まっていった。

『それでは、試合開始！』

ベルが鳴ると同時に、俺たちはカードを呼び出した。

『両者同時に召喚！　北川選手はグーラーと、ザントマンに……おや、もう一体の姿が見えませんね』

『どうやらスキルで隠れているようですね』

『一方南山選手のモンスターは、ボアオークとハイコボルト二体のようです』

俺は南山の呼び出したモンスター、特に猪頭の獣人を見て小さく舌打ちした。

ちっ、増殖パーティーか。

ボアオークとハイコボルトは一定時間ごとに下位種族を呼び出す能力を持つ。以前戦った水虎と同じような能力で、一体一体の能力は落ちるが質を数で埋められるのが強みだ。

対処方法は二つ。相手の召喚限界が来るまで粘るか……速攻でケリをつけるか。

俺が選ぶのは、当然後者！

「お前ら、召喚だ！」

「ザントマン！」

命令は同時。敵側三枚のカードが召喚の遠吠えを上げる寸前に、ザンドマンの眠りの砂が周囲へと撒かれた。

Dランクカードのボアオークは一瞬だけ上体を揺らしたがレジスト。しかしEランクのハイコボルト二体は、グルリと白目を剥くとドサリと倒れ伏した。

「な、ハイコボルト!?」

『おーっと、南山選手の眷属召喚に対し北川選手の状態異常魔法が炸裂！　ハイコボルト二体を眠りに落とした！』

『ザントマンの行動が早いですね。良く仕込んであるのか、何かのスキルか』

『しかしボアオークはレジストし、オークを一体呼び出したぞ。ハイコボルトたちも叩けば簡単に起きてしまう。さあどうする！』

アナウンスの声に、南山もそれに気づいたのか指示を出す。

「ハイコボルトをさっさと起こせ！」

それにボアオークと呼び出されたオークがハイコボルトを起こしに向かうが、あまりに遅い。

すでにイライザがオークたちへと迫っていた。

疾走の勢いそのままに、オークを蹴り飛ばす。弱体化した眷属オークでは、カンストしたグーラーの一撃に耐えられるはずもなく、血反吐をまき散らし一発で消滅した。

そのまま、ボアオークへと接近するイライザ。

『北川君のグーラーが一撃で召喚されたオークを蹴り殺した！　凄まじい威力！』

『おお、あのグーラーは良く仕込んでありますね。下級のアンデッドは育成が難しいのですが、これは見事です。ですが、ボアオークの方がグーラーより初期戦闘力は高い。どうなるか』

迫るイライザへと向けてボアオークが鉄製の斧を構えた。あの斧……持ち込みではないな。現れた時から持っていた。ならばボアオークの初期装備。つまり、特殊効果はない。

両者が間合いに入る。先に仕掛けたのは屈強な猪頭獣人。リーチの差を活かし、ゴウッと斧を振り下ろす。それに対し、金髪の美しい屍食鬼は滑るような動きで相手の懐へと入ると、その膝裏を押すようにして蹴った。ガクリ、と体勢を崩すボアオーク。そこへ、彼女は足を天まで振りあげて踵落とし。分厚い鼻へと叩き付けられた足刀は、勢いそのままにその巨体を地面へと叩き付けた。

一連の流れるような動きを見た会場の人々から「おおっ！」という歓声が漏れる。

『グーラー、戦闘力の勝る相手を華麗な技で撃破！　強い、そして美しい！　重野さん、わたくしグールを使う冒険者はあまり見たことがないのですが、これほどまでに強いカードなのですか？』

『いえ、グーラーはDランクカードの中でも最弱に近いカードです。初期戦闘力が低く、自我がないため複雑な動きもできません。しかし今のグーラーの動きは生身の人間と同等、いやそれ以上に滑らかなものでした。これは明らかにスキルによる補正。その上あの一連の技は明らかに仕込まれたもの。命令らしい命令もなかった！　ここまで育成されたグールは見たことがありませんよ！』

『重野さん大絶賛！　これは早くも決着がついたか？　だがまだハイコボルト二体が残って、いや、待て！　ハイコボルトの姿が消えている！　一体いつの間に！』

『あの黒い靄は……そうか、ナイトメア。おそらく、ハイコボルトが眠りにつくと同時に憑りついたのでしょう』

『北川選手の三体目のモンスターが見えないと思っていましたが、なるほど、ナイトメアだったのですね』

『ザントマンで速攻眠りに落とす。グーラーで時間稼ぎをしているうちに、ハイコボルトをナイトメアが始末する。これが北川君の作戦だったのでしょう』

実況の解説を聞いた南山が俺を憎々し気に睨む。

「北川ぁ……！」

「…………………」

それに対し、俺は無言で次の指示を出す。もはや勝負はついた。だがここで降参しろと言っても南山は聞かないだろう。

故に。

「イライザ」

俺の名前を呼ぶだけの短い指示に、彼女は的確に応えた。

脚で押さえつけていたボアオークから素早く離れ、南山へと向かう。

ボアオークが起き上がるよりも早く、一撃を叩き込んだ。

「ひっ……！」

頭を庇うようにしゃがむ南山の周囲に半透明の壁が現れる。選手全員に配られた、防御用の魔道具だ。一瞬の抵抗ののち、壁が木端微塵に砕かれた。

俺の、勝ちだ。

……正直、あのままボアオークをロストさせることもできた。だが、それはいくらなんでもやり過ぎだ。友人ではなくなったとしても南山はクラスメイト。カードを割るほど憎んではいない。ダイレクトアタックは、俺なりの慈悲だった。

『決――着！　クラスメイト同士の戦いは、北川くんの勝利に終わりました！　カードのランクはどちらもD、E、E。しかし終わってみれば北川君がスルスルと勝った印象でしたね』

『そうですね、やはり経験の差が大きかったというところでしょうか。北川君が見せたザントマン、ナイトメアのコンボは、Eランク迷宮を潜っているとたまに見るものなんです。Dランクカードを含むデッキであっても壊滅する危険性がある組み合わせで、初心者には要注意な組み合わせです。キャリアは長くとも一ツ星冒険者の南山くんはそれを知らず、逆にキャリアは短いがEランク迷宮を知る北川君はそれを知っていた。それが勝敗を分けたというところでしょうね』

『なるほど、敗れてはしまいましたが、健闘した南山くんに拍手を！』

会場からまばらな拍手が送られる中、俺は俯く南山を見ていた。

正直、拍子抜けした……というのが俺の偽らざる思いだった。

対戦相手が南山だと知った時は衝撃が走った。俺よりも半年以上も早くやっているのだから俺以上にカードを使いこんでいてもおかしくない、と。

ベストメンバーで登録しなかったことを本気で後悔したし、ボアオークにハイコボルト二体という質より量のコンセプトで構成されたパーティーを見て、本気だなと焦った。

実際、パーティー全体に状態異常への耐性があったら結構ヤバかっただろう。状態異常を治す魔道具を使ってくるかも、と手元をずっと注視していた。

だが、勝ったのは俺だった。終わってみれば余裕の勝利。重野さんが言ったように、状態異常の怖さを南山が知らなかったのが、勝敗の決め手だった。

つまり、マスターとしての腕で俺は勝ったのだ。

もしこれが蓮華やユウキを加えた最強メンバーだったならば、俺はそうは思わなかっただろう。

カードも俺の力であることには変わりない。だが、どうしても心のどこかでランクの差で勝ったと思ったはずだ。

だが、俺は南山と同じD、E、Eの組み合わせで勝った。互角の条件で勝ったのだ。

結局のところ、冒険者としては俺の方が努力していたということなのだろう。

俺は冒険者となってから毎日迷宮に潜り続けた。南山は、クラスの奴らと毎日のように遊んでいた。迷宮に潜るのは、月に数回程度。それを俺はクラスでの会話やSNSでの投稿から知っていた。

この二十日間にしたって、南山は必死に足掻いている俺を見て馬鹿にするような眼をしていた。

それが、勝敗を分けた。

「…………クソ、クソ！」

南山は泣いていた。見下していた俺に負けたことが悔しかったのか。もっと努力すればよかったと後悔しているのか。あるいはその両方か。

どちらにせよ、俺には本当の気持ちはわからない。……もう、友達ではないから。

南山を少し尊敬していた。俺と同じモブキャラの素質しかなかったのに、リア充グループの仲間入りをしたコイツに敬意を抱いていた。

そしてそれ以上に嫉妬していた。

アイツにできるなら俺だって。それが原動力だった。

だが、今は違う。

もう嫉妬はしていない。俺の方が努力していたと実感できたから。

「……じゃあ、南山。また学校でな」

そう言って、背中を向ける。

「…………………んな」

「……？」

微かに何か言われた気がして振り向いた。

その瞬間。

「ふざけんなぁぁぁ！　お前みたいな！　俺を、よくも！　俺は！　お前とは、お前らとは違うんだよ！」

「!?」

え、ちょ、なにごと!?

突然の発狂に、俺は本気でビビった。顔を鼻水と涎でくしゃくしゃにし、眼を血走らせ、歯をむき出しにし、妙に甲高い声でヒステリーを起こす南山の姿は、ある種迷宮のモンスター以上の恐怖があった。

「み、みなみや……」

「ボアオォォォォーク！」

「なっ!?」

南山の怒声に応えたボアオークが、体を跳ね起こし俺へと目がけて四つ足で突進する。

――ヤバ、い。

混乱した頭で途切れ途切れにそう思った瞬間。

一瞬で駆け付けた金色の影があった。

イライザだ。彼女が庇うのスキルで駆け付けてくれたのだ。

トゥンク……。俺の胸が高鳴る。こんなん惚れてまうやろ。さすが、我がパーティーの黄金の盾、困った時のイライザさんや！

少女漫画のヒロインのようにトロ顔になる俺を他所に、イライザさんは合理的に行動する。

彼女は俺を片手で押しのけつつ、突進するボアオークの頭を押すように蹴った。蹴り脚がグシャグシャになるほどの威力に、ベクトルを強引に捻じ曲げられたボアオークは、その頭部を地面へと深々と埋めた。

地面から頭を引っこ抜く前に、すかさずイライザさんの追撃が入る。無防備な背中へと抱き着き、首筋を噛み千切ったのだ。

血しぶきが上がる。のたうち回るボアオークの身体を押さえつけ、二度三度と首筋を噛み千切っていく。

ドキン！　俺の胸が高鳴る。今度はトキメキではない、ホラー映画的光景に対する恐怖の鼓動だ。時折現れるイライザさんのバイオレンスな一面には、いつまでたっても慣れない。

やがてボアオークの動きが弱っていき……フッと消えさった。

会場に静寂が落ちる。

イライザさんが顔を上げ、俺へと問いかけた。

「マスターご無事でしたか？」

「あ、ああ」

俺がなんとか頷いた瞬間。

『あ、な……！　スタッフ！　はやく取り押さえて！』

アナウンサーの焦った声と共に会場からざわめきが復活する。同時に、スタッフや警備員たちがやってきて、南山を取り押さえた。俺も、連れ去られるように保護される。

選手用通路まで引っ張られていくと、番組のスタッフたちに取り込まれた。

口々に俺を心配するようなことを言いつつも、明らかに俺以上にテンパっている彼らの顔を見て、俺はとんでもないことになったなとぼんやり思った。

……これ、大会続行できるのか？

【Tips】迷宮の踏破報酬

迷宮の踏破報酬は、ランクが上がるごとに一層当たりの値段は上がる。

- **Aランク迷宮：踏破出来たら１００億円。**
- **Bランク迷宮：階層×１００万。**
- **Cランク迷宮：階層×１０万。**
- **Dランク迷宮：階層×３万。**
- **Eランク迷宮：階層×２万。**
- **Fランク迷宮：階層×１万。**

踏破報酬をメインの収入とするプロの冒険者を、グラディエーターと区別してプロフェッサーと呼ぶこともある。彼らはお金以上に迷宮という存在の謎に魅了され、それを解き明かさんとしている者が多いからだ。プロフェッサーと呼ばれるようになった所以は、実際に大学の客員教授をやっている者もいることから。

第八話　モブ顔だからってナメんなよ？

『えー、先ほどのトラブルですが、南山選手のカードが戦闘終了に気づかず北川選手に攻撃してしまったとのことでした。次回以降このようなトラブルが無いよう――』

――そういうことになった。

番組としても、もはや大会を続行させる以外に道はなかったのだろう。

俺を気遣う口調ながらも、言葉の端々に大人の事情とやらを匂わせてきた。

このままでは、南山くんが刑事罰に問われる可能性がある。両者が口裏を合わせてくれれば穏便に済ますことが出来る。もちろん、相手側には番組側からしかるべき対応をさせて貰うので安心して欲しい。下手に警察沙汰にするよりも、君にとっても安全になるはず……みたいな感じだ。

正直俺も大事にしたくなかったし、大会が潰れて困るのはこちらも同じだ。

ある意味警察などよりもよほど厄介で恐ろしい存在であるＴＶ局が、しかるべき対応をする、安全を約束すると言っているのだから、任せるべきなのだろう。

それに実況解説にはギルドの重野さんもいた。いくら口裏を合わせて刑事罰を避けたとしても、冒険者としてやっていくのは確実に不可能だろう。

ならば俺から言うことは何もない。

後のことは、観戦に来てくれていた両親とＴＶ局、それに南山のご両親が上手く片付けてくれるはずだ。

俺は別に南山が手錠をかけられて連行される姿が見たいわけではないのだ。俺の見えない場所で、大人たちがしっかりと罰してくれるというなら、精神衛生上、それに越したことはない。

終始協力的な様子の俺に、あちら側もホッとしている様子であった。

それに何より……南山についてはは俺も落ち着いて考えてみたかった。

俺や東西コンビを切り捨て、カーストトップグループだったはずのアイツがなぜこんなにも俺に敵意を燃やし、焦っていたのか……。

そこに、俺の憧れていたスクールカーストという存在の、本当の姿がある気がした。

まぁ、それも今は後回しだ。

イライザの為にも、大会に集中すべきだろう。

こうして、俺の大会初日は終わった。

翌日。早朝から行われた二回戦であったが……俺は不戦勝となった。

……別に、汚い裏取引があったわけじゃない。試合でのロスト率にビビった学生の棄権が相次いだためだ。

俺たちみたいな学生にとって、カードは換えが利く消耗品ではなく、極めて高価な代物だ。いつもテレビで見ているプロたちとは違う。

彼らはスポンサーがバックについている為、勝っても負けても失ったカード代などすぐに取り戻せるのだ。

それを「モンコロに出れる！」と脊髄反射で飛びついた奴らが、試合の様子を見てあまりのロスト率の高さに今さらながらビビったのだろう。

参加した奴らの中には、南山のように冒険者という肩書を使ってクラスカーストで成り上がったものもいるはずだ。

そんな彼らにとってカードを失うというのは社会的地位を失うのにも等しい。

そういうわけで、俺は二回戦を戦わずに勝ち進んだ。

ちなみに、これは全然関係ない話だが、二回戦も一回戦同様トラブルを避けるため対戦相手は教えられることはない。

つまり、番組側が対戦相手を入れ替えても選手や観客はわからないというわけだ。いや、全然関係ない話だが。

その日の午後と夜に行われた三回戦と四回戦。こちらは南山との試合以上に消化試合となった。

三回戦の相手は、Ｆランクカード三枚と露骨に流してきた。おそらくもうカードを失いたくはないが、もしかしたら不戦勝で勝ち上がれるかもしれないと期待して棄権はしなかった、といったところなのだろう。

三回戦は、そんな様子の選手がチラホラと見られ、観客たちは露骨にテンションを落としていた。

これはマズイと番組側も思ったのだろう。有力選手の紹介をしたり、盛り上がった試合のハイライトなどを流していた。

一回戦は——選手たちの心が折れるほど——死闘が多く見どころのある試合が多かったため、会場は少し盛り上がりを取り戻した。

そうして行われた四回戦。これに勝てばベスト４ということもあって気合を入れて試合に臨んだ俺だったが、後味の悪いものとなった。

なぜならば、相手がすでに戦えないほどボロボロだったからだ。

二回戦を不戦勝で勝ち上がり、三回戦をろくに戦わずに勝ち進んだ俺と異なり、相手は二回戦三回戦もガチの相手と戦ったようだった。

主力のＤランクカードはボロボロ、残りの二枚はＦランクカードと事実上戦力が一枚しか残っていないありさまだった。

対して俺は、ベスト４入りのためイライザ、ユウキ、メアとＤランクカード三枚で挑んでいた。

こちらの布陣を見た相手の表情は……ちょっとしばらくの間忘れられそうにない。

ベスト４が確定した二日目の夜。俺たちは食堂に集められていた。顔合わせと、賞品のＤランクカードを選ぶためである。

賞品のＤランクカードは十六種と多めに用意されているが、希望が被った場合は選手同士の話し合いで決めることになる。

なお、この様子もカメラで撮影されているため醜い罵り合いや妨害はできない。

『はい、それではここまで残った選手たちの紹介です。まずは、神無月《かんなづき》　翼《つばさ》さんお願いします』

「はい」

最初に指名されたのは、残った選手の中でもぶっちぎりの美形である神無月だった。

俺なんかとは比べ物にならないイケメンである。まず名前からして格好いい。アイドルでもちょっと見ないレベルで顔立ちが整っている。もはや人間よりもカードの顔面偏差値に近い。

顔の線は細く綺麗な卵型のラインを描いており、目元は怜悧でいかにも頭がよさそう。色素の薄い髪には天使の輪っかが出来ており、長めの髪が似合っていた。スタイルも細めで足がスラリと長い……いや、長すぎじゃね？　日本人の体形じゃねーぞ。外国人のフィギュアスケーターみたいだ。

一見男装の麗人にも見えるほどのイケメン……いや、本当に女なのかもしれない。名前も中性的で判別付かない。

だが、こいつが女だろうが男だろうが俺には関係ない。

おっぱいがまるでないからな。可愛ければ巨乳でなくとも妥協できるが、さすがにここまでないと無理だ。胸板はおっぱいではない。俺が西田の性癖を理解できない最大の理由だ。ロリにおっぱいはないからな。

いや、違う。そうじゃない。雑念が混じった。やり直し。

――だが、こいつが女だろうが男だろうが関係ない。

それはコイツが同じ選手だからだ。優勝は一人。ならば相手が誰だろうと関係ない。

俺は内心でシリアスにやり直した。

『この大会における意気込みをお願いします』

司会がそう言うと同時に、「爽やかなコメントをお願いします」とカンペが出た。

おっ、なんかＴＶっぽい！　俺は密かに目を輝かせた。

そう言えば、俺っていまマジでＴＶに出てるんだなぁ。このシーンもＴＶに流れるのか。

……ヤベェ、今さらながら髪型とか気になってきた。しまったな、美容院行っておけばよかった。迷宮攻略が忙し過ぎてまったくそう言うところに気が回ってなかった。鼻毛とか出てないよな⁉

一人でテンパっている俺を他所に、カンペを見た神無月がニコリと笑った。

「カンナヅキ、ツバサです。意気込みというほどではないですけど、優勝は絶対に僕がします。これまでの試合を見た感じ、まず間違いないですね」

うぉ⁉　こいつ滅茶苦茶言うじゃねぇか。俺は結構素で驚いた。

普通こういうところでは無難にコメントするだろうが、今時ビッグマウスで炎上してもなんの得もないぞ。ネットで叩かれるだけだ。

番組スタッフもカンペを無視して挑発するようなことを言う神無月に戸惑っている。

おそらく、このルックスからして番組もこいつをこの大会のヒーローにしようというシナリオだったのではないだろうか。

コイツの試合は俺も見たが、よく使いこまれたDランクカード三枚で優勝の可能性は十分にあるように見えた。

神無月の言葉に、他の選手たちも気色ばむ。

『い、意気込みは十分ということですね。神無月さんはなんと中学一年から冒険者をやっており、現在高校一年生にしてすでに三ツ星冒険者とのこと。これは戦いが楽しみです』

おい、マジかよ！　俺たちは驚愕して神無月を見た。

中学一年は、今の日本の法律では最速スタートだ。三ツ星冒険者というのもヤバイ。

それでDランクカード三枚だあ？　確実にCランクカードを温存してやがる。ヤバイ、全然ビッグマウスじゃなかった！

コイツ、本当に自分が優勝するだけの理由をもってやがる！

俺たちが神無月への警戒を高めているのを他所に、司会が次の選手を指名する。

『はい。では、佐藤勇刃《さとうゆうじん》さん』

「……はい」

神無月の後という罰ゲームのような出番となってしまったのは、大柄で厳つい顔をした青年だった。神無月の後だからか特徴が薄く見える。至って普通の少年って感じだ。名前だけちょっとキラキラしてるが。

本人も自分のキャラが薄いとわかっているのか、ちょっと顔が引き攣っている。心なしか目が泳いでいた。

……おい、まさか何かインパクトあること言おうとしてないよな？　やめとけ、俺らみたいなモブキャラが上手いこと言おうとしても滑るだけだぞ！

同類の気配に勝手に親近感を抱いていた俺は、内心でそう呼びかけた。

『意気込みのほどをお願いします』

「サトウ、ユウジンです。えー、まず言いたいのは、おい神無月、あんま調子に乗んなよ？　ってことです。カードバトルは顔だけじゃ勝てないということを教えてやるよ」

が、無駄……っ！

俺の心の声は残念ながら届かなかったようだ。神無月を見下ろしながら言う佐藤だったが、そのセリフはつっかえつっかえで全く迫力がなかった。

あまりの痛々しさに、誰も何もリアクションが取れないほどに。名指しで指名された神無月ですらどう反応したものか、戸惑っているように見えた。

佐藤はおかしくなってしまった空気にキョドった後、「い、以上です」と言って椅子に座った。

哀れ……だが俺はちょっとだけ好感度が上がったぜ。人をあんまり貶したり馬鹿にしたりするのに慣れてないってのがヒシヒシと伝わってきたからな。

『はい、佐藤さんですが現在高校三年生。キャリアはまだ一年ほどですが、将来はプロの冒険者になるのが目標とのこと。準決勝でどのような戦いを見せてくれるのか、期待が高まります。――――それでは十七夜月《かのう》　杏菜《あんな》さん』

「はい！」

佐藤の紹介はさらっと流され、次に指名されたのはこの場に唯一の女子選手だった。

俺が一番気になっていた人物でもある。

それは、この十七夜月という女子が赤髪碧眼の美少女だったから……ではない。

いや、その容姿自体はもちろん気になっていた。俺も思春期の男子高校生だからな。

年頃は俺と同い年か少し年下くらいだろうか。フワフワの赤毛をポニーテールにしており、大きな青い瞳がキラキラと輝いていてすごく可愛らしい。

肌も透き通るように白く、まさに日本人が思い描くハーフの美少女といった感じだった。小柄で細身なのに胸が結構ありそうなのも個人的に評価が高い。

ぶっちゃけかなりタイプだ。

佐藤がイキってしまったのも、この子の存在が影響しているのではないだろうか。可愛い娘がいるとつい張り切ってしまう……男の悲しい性だ。

だが容姿以上に俺が気になったのが、十七夜月という珍しい苗字だ。この珍しい苗字を、しかし最近は良く聞くことがある。

なぜなら、十七夜月はあのダンジョンマートの創業者と同じ苗字だからだ。

十七夜月社長は、なんというか目立ちたがりでしょっちゅうTVなどに出てくる……俗にいう名物社長という奴だ。ニュース番組のコメンテーターのレギュラーもやっており、結構過激な発言をすることでファンとアンチが一定数いる人物である。

それ故に十七夜月と聞くとどうしてもあの名物社長を連想してしまうのだ。

『意気込みのほどをお願いします』

「カノウ、アンナ。中三ッス！　こんな見た目ッスけど、日本生まれ日本育ちッス！　マスターとしてはまだまだッスけど、ウチのカードは優秀なんで期待していてくださいッス！」

コイツ、後輩系キャラか！　発言内容ではなくキャラで勝負してくるとは、やりおる！

司会もようやく待ち望んでいたコメントが出てきたからかテンションが上がっている。美少女というのもＴＶ的に強い。

『おお、元気がいいですね！　十七夜月さんは、あのダンジョンマートの創業者の娘さんとのこと。キャリアも神無月さんと同じ中一からということで期待が高まります』

やはり、ダンジョンマートの創業者の娘だったのか！

俺たちはやはり、という顔と驚きの混じり合った顔で彼女を見た。

それに十七夜月は、顔をムッと顰めた。

「パパは関係ないッス！　そりゃあ登録するときはパパにカードを一枚買ってもらったッスけど、それからはお小遣いも貰ってないし、あとは自分でお金を稼いでカードを揃えてるッス！一枚目のお金もそのうち返すつもりなんで！」

『そ、そうですか、それはすいません』

……ん、やっぱ有名人の子供って言うのは、いろいろ大変なんだろうか。十七夜月からは生まれに対するコンプレックスを感じた。

十七夜月にこのことを言うのはやめておいた方がいいな。いや、むしろ試合中なら良い挑発になるか？

『最後になってしまいましたが、北川　歌麿さん。意気込みの方をお願いします』

俺が最後になっちまったか。参ったな。どいつもこいつもキャラが強すぎて、やりづらいにも程がある。

……どうせカットされるだろうし、適当に済ますか。

「キタガワ、ウタマロです。絶対に負けない……と言いたいところですが、もうすでにキャラで皆さんに負けてて参ってます」

番組スタッフから小さな笑い。お、やった、少しウケたぞ。

俺はそこで不敵な笑みを浮かべると言った。

「でも俺のカードは結構良いキャラしてるんで、楽しみにしていてください」

『はい！　ありがとうございます。北川さんは、キャリアが二か月程度と短いにもかかわらずすでに二ツ星冒険者とのこと。イレギュラーエンカウント討伐実績も有り、キャリア以上の経験があるようです』

司会は、俺の薄いキャラを厚くするためか、あるいは初戦のトラブルの詫びか俺を持ち上げるようなコメントをしてくれた。

他の選手たちも俺を意外そうな眼で見た。

え、数合わせのモブだと思ってたのに、やるじゃん……という眼だ。

どうやら俺は彼らの印象にまったく残っていなかったようだ。まあ碌に戦ってないからな。

『それではお待ちかねの賞品配布のお時間です。ベスト４の賞品はこちら！』

司会の発言と共に食堂にトランクケースが運ばれてくる。スタッフが一枚一枚頑丈なクリアケースに入ったカードをテーブルに並べ始めた。

俺たちはそのカードたちを見て目を輝かせた。

さすがに賞品になるだけあって、どのカードも人気カードばかりだ。

半分ほどが強さを重視したカードで、もう半分が女の子モンスターというラインナップとなっていた。後天スキルも癖のない良いものが揃っている。

さて、どうするか。強さを重視するならドラゴネット、天狗、水虎。

女の子モンスターならアルラウネ、ネコマタ、ハーピー、シルキー、アマゾネス、エンジェル、鬼人か。女の子モンスターでも黄泉醜女は要らん。いや、強いが。水虎よりも強いが。

みんなも黄泉醜女には見向きもしていなかった。

完全に好みで選ぶなら、ドラゴネットとかネコマタ、シルキーだ。

ドラゴネットは、小型のドラゴンでドラゴンモンスターの中では最弱となる。それでもＤランクカード最強というあたりドラゴンがモンスターの中でも最強種族というのをよく表していた。

ネコマタとシルキーは、Ｄランクカードの中でも弱い方なのだがＤランクカードの中でも超人気カードであり、両方とも一千万円近い値がついている。猫耳とメイドは強い……。

実利面を重視するなら、ドラゴネット、天狗、ハーピー、エンジェルが候補に来る。

やはり、飛行系はそれだけで価値がある。遠距離攻撃を持たない地上系モンスターなら一方的に攻撃できるうえに、落とし穴などの迷宮の罠をスルー出来るのが強みだ。

反面、撃たれ弱くロストの恐怖が常に付きまとうのが欠点か。

また飛行系は頭が悪いか、逆に頭が良すぎて気位が高いという特徴もあった。特にエンジェルは、相性の悪い種族が多すぎるという話もよく聞く。

うちのパーティーの補強という観点で見るなら、アマゾネス、鬼人という選択肢もある。

前衛2、後衛2と一見バランスよく見えるうちのパーティーだが、盾役をイライザに依存しているという弱点があった。

ユウキも前衛なのだが、こちらは攻撃と素早さが高い完全なアタッカータイプだ。索敵役も兼任しており、ゲームで言うなら盗賊や忍者に前衛をやらせているようなものである。

戦士役か騎士役をここに追加したいと前々から考えていたのだ。

浪漫ならネコマタ、シルキー。実利面なら飛行系、戦力補強ならアマゾネス、鬼人か。

俺は一枚一枚カードのスキルを見ながら思案した。

「……ん？」

と、その時一枚のカードに目が留まった。

鬼人のカードだ。イラストには燃えるような紅い髪と瞳を持った美女が描かれている。崩した和服から覗く深い谷間が何とも色っぽい。ビジュアルはかなりタイプだ。

だが俺がより気になったのは、そのスキルだった。

スマホを取り出し、詳細を調べてみる。

【種族】鬼人
【戦闘力】１８０
【先天技能】
・頑丈：頑丈な肉体を持つ。生命力と耐久力を常時向上させる。
・怪力：人外の力を持つ。筋力が常時大きく向上する。
・自己再生
【後天技能】
・目隠し鬼：鬼さんこちら。対象の敵意を自分へと惹きつけることが出来る。
・武術：戦闘技術に対する一定の知識と技能を持っている。特定行動時、行動にプラス補正。
・見切り：相手の動作を読む技術。回避、反撃の際、行動にプラス補正。

頑丈と怪力、武術、見切りのシナジーに加えて、目隠し鬼というスキルが面白い……。

これはゲーム的に言うならヘイトコントロールスキルだろう。盾役に必須のスキルで、しかも回避型というのが良い。

耐久援護型のイライザに、回避挑発型の鬼人と言うのは、相性の良い組み合わせに思えた。

よし、決めた。これにしよう。これほどのスキルを揃えたカードと巡り合うことはそうそうない。おまけに女の子モンスターで見た目も超好みだ。

俺が鬼人のカードに手を伸ばしたその時。

『ん？』

横から伸びた手が重なった。

目が合う。サファイアのような蒼い瞳がこちらを見つめていた。……十七夜月だ。

「お、あなたもこれが狙いッスか？」

「あ、ああ。……できれば譲ってくれない？」

俺が愛想笑いを浮かべながらそう言うと、十七夜月はニンマリと笑った。ネズミを弄ぶチェシャ猫のような笑み。なんか……嫌な予感。

「いやぁ、それはちょっとできない相談ッスねぇ。ウチもこれがかなり気に入ったんで！　見てください、この見事な赤毛と妖艶さ。ウチにそっくりッスよね？」

そう言って、ふふんとセクシーポーズをとる十七夜月。

ええ……？　いやぁ、赤毛は一緒だけど、妖艶さは全然……。

十七夜月はどっちかと言うと健康的な可愛らしさが前面に来るタイプで、色気とかあんまりなかった。

そんな心の声が漏れたのだろうか、十七夜月はムッと唇を尖らせた。

「異議アリって顔ッスね？」

「いや、例の鼠の真似しても誤魔化されないッス。……ちょっと上手かったですけど。どうでしょう、ここは一つ勝負と行かないッスか？」

「勝負？」

「はい、ここは保留として、試合で勝った方がこれを頂くというのは」

そう言うと、十七夜月はぐるりと周囲を見渡した。

気づけば、カードを選び終わった選手や番組のスタッフたちがこちらを注視していた。

これは……。

「ん、勝った方がとは言うけど、どちらかが当たる前に負けたらどうするんだ？」

「ああ、そうッスね。では大会の成績が良かった方ということで」

可愛らしく微笑む十七夜月に、ちょっと意地悪な質問をしてみる。

「もし両方とも準決勝で負けたら？」

「その時はあなたが持って行っていいッスよ」

「へぇ、気前がいいんだな」

「はい！　どうせウチが優勝するので！」

コイツ……さっきは、自分はまだまだ未熟なんて言っておいて。

だが、読めたぞ。コイツの狙いが。

十七夜月の狙いは、ズバリ準決勝で俺と戦うことだ。

彼女は、神無月の奴を今大会における最大の障害と見なしたのだろう。

いずれ戦わないといけないにしても、準決勝ではなく決勝で戦いたい。

そこで、十七夜月は俺に因縁をつけることで、準決勝で自分と当たるように誘導しているのだ。

ＴＶ的に考えても、このようなイベントがあったのに十七夜月も俺も準決勝で敗退しました。お互い負けちゃったのでカードは北川君のものです、ではまるで面白くない。

ならば、どうせ北川君は優勝できそうにないから準決勝で十七夜月と当てて少しでも盛り上がらせたい。

そう考えるのではないだろうか。

おそらく、十七夜月が鬼人のカードを選んだのも偶然ではない。俺が選ぶのをじっと待っていたのだ。

つまり。

十七夜月は俺ならば簡単に勝てると思っているというわけで。

それは俺のカードたちを雑魚だと思っているということであり。

「よし、じゃあそういうことで」

「お、さすがッス。お互い頑張りましょう！」

絶対泣かす。

握手を交わしながら俺はそう決意したのだった。

『お待たせしました～！　いよいよ準決勝、第一試合を開始します』

実況の声と共に、会場のざわめきが大きくなる。グダグダの試合が多い中、それでもベスト4には期待が集まっていた。

とりわけその中でも注目が集まっているのは……。

『まずは赤ゲート！　十七夜月杏菜選手の登場だぁ！』

美少女ハーフの冒険者、十七夜月杏菜だった。

会場中から、ファンの男どもの応援の声が飛ぶ。

それに手を振って答えながら十七夜月が闘技場の中心に立った。

『ここまで三枚のDランクカードを駆使してストレート勝利！　魔道具もあと三回使用権を残していています。さらには、この試合ではメンバーをがらりとチェンジ。温存していたメンバーで決勝を狙います！』

スタッフに促され、俺も歩き出した。

……十七夜月の戦略通り、準決勝の相手は俺となった。TVとしても、決勝はできれば画面映えする神無月と十七夜月の戦いとしたかったのだろう。

俺と佐藤は噛ませ犬というわけだ。

『対するは、白ゲート！　北川歌麿選手！』

俺が姿を見せても、十七夜月のような歓声はない。まあ、当然か。ここまでほとんど戦わずに進んでいるしな。もっとも、それは他の選手も似たり寄ったりだが……違いは十七夜月や神無月には華があるということ。

それでも、チラホラと応援の声が聞こえるのは有り難かった。

『北川選手は、DランクカードとEランクカードを上手く使い分け勝ち進んできています。ここにきて隠し玉のCランクカードをメンバーに入れ、魔道具の使用回数もすべて残っています！』

こちらを見る十七夜月の眼に、侮りの色はない。俺もCランクカードを持っているとは予想していなかったのだろう。

対して、俺は向こうがオールCランクでもおかしくないと覚悟を決めてきている。その分、俺には精神的な余裕があった。

『十七夜月選手と北川選手ですが、昨夜の賞品選びの際希望のカードが被り、この大会の成績で決めるという約束をしているそうです。偶然にも準決勝にて当たることになってしまったため、この試合でケリをつける形となってしまいました』

おお、と会場にどよめきが奔った。

俺と十七夜月の目が合い、お互いに微かに苦笑する。実況の白々しさには苦笑いしか出てこない。

『それでは、両選手。カードの召喚を行ってください』

実況の声に、俺たちは同時にカードたちを呼び出した。

これまでは試合進行を迅速に行うため試合開始してから召喚だったが、準決勝からはカードの紹介を観客に行うため試合開始前に召喚する形にするとスタッフから事前に伝えられていた。
蓮華、メア、イライザの三枚が姿を現す。

【種族】座敷童（蓮華）
【戦闘力】600（270UP！ MAX！）
【先天技能】
・禍福は糾える縄の如し
・かくれんぼ
・初等回復魔法
【後天技能】
・零落せし存在
・自由奔放
・初等攻撃魔法
・友情連携
・初等状態異常魔法

今の蓮華のステータスは、名実ともにうちのパーティーのエースと言って良いものだ。

だが、今回は相手にもＣランクカードがいる。それも、キャリアが俺よりも長い相手のだ。

その差が、どれほどか。それだけが心配だった。

「ふふ、いよいよメアのお披露目ね！」

エンプーサとなり、少しだけ大人っぽくなったメアが羽ばたきながら言った。

以前のメアは、手のひらサイズで十歳ほどの外見だったこともあり完全に動く人形のような印象だった。

だがエンプーサにランクアップしたことで人間大の身長となり、さらには肉体年齢も二歳ほどアップしたことで身体つきも丸みを帯び始め、大人になりかけの危うさを感じさせるようになった。

背中の蝙蝠の羽は以前と同じだが、お尻からは驢馬の尻尾が伸び、両脚は太ももの半ばから真鍮製となっている。一見すると金属質のニーハイを履いているようにも見え、それが何ともセクシーだった。

そんなメアを見て、蓮華が忌々しそうに吐き捨てる。

「テメェのお披露目とやらは四回戦に終わっただろーが」

彼女は、自分よりいろいろと大きくなってしまったメアのことが気に入らないようだった。

「あんな雑魚、ノーカンに決まってるでしょ！」

また、メアもイチャモンをつけられれば喧嘩せずにはいられない程度にお子様だった。

『おっと？　北川選手のカード同士がなにやら揉めているようですが？』

『カード同士の相性が良くないようですね』

実況のアナウンサーと、解説の重野さんがそう言うと、会場から小さな忍び笑いが漏れた。

ちょ、やめてくれよ……。

身内の恥に、俺は顔から火が出る思いだった。

『北川選手のカードは、今大会を通して使っているグーラーと、先の試合でも使ったエンプーサ、そしてここまで温存してきた座敷童のようですね』

『女の子モンスターで固めているのでしょうか。実に華やかですね』

……改めてみると、完全にハーレムパーティーだな。メアは狙って仲間にしたから別として、蓮華とイライザは偶然女だっただけなのだが。

会場の男どもからの、嫉妬の眼差しを感じるぜ。

『一方で十七夜月選手のカードは、エルフとユニコーン、リビングアーマーのようです』

『リビングアーマーがガード、ユニコーンがサポート、エルフがアタッカーかな？　バランスの良いパーティーですね』

俺は目をすがめて相手のカードを見た。

エルフ……Cランクカードの中でもトップクラスの人気を誇るカードだ。

カードはどれも人間では太刀打ちできないほどの容姿を持つが、エルフやサキュバスはその中でも神がかった美貌を誇る。

十七夜月のカードは、そのエルフの中でも特に希少な女の子モンスターだった。

エルフやサキュバスほどのカードともなると、もはや普通に市場に出回ることはない。入手した冒険者が手放さないからだ。

たまに出回った時も、ギルドに売られるのではなくオークションにかけられる。

Ｃランクカードの相場は一千万から一億と一般的に言われているが、エルフやサキュバスの場合は、〝一億円から〟スタートすると言えばその人気っぷりが分かるというものだろう。

十七夜月のエルフは、その人気と値段に見合う美貌の持ち主であった。

年のころは、十五、六才ほどだろうか。ストレートの金髪をショートボブにしており、全体的に知的な印象。

身体つきはスレンダーだが、この少女ほどとなると胸がないことなど全く残念に思わない。

むしろこの体型以外では違和感があるほどだ。これが、美の黄金律という奴なのだろう。

蓮華やメアと言った顔面偏差値の高い少女たちに囲まれるうちに、カードの美しさというものになれ始めた俺ですら、肌が粟立つほどの美しさ。

会場からも、感嘆の吐息が漏れるほどだ。

今までも動画やＣＭでエルフは見たことがあるが、生で見たエルフはちょっとレベルが違った。

ダンジョンマートの創業者が娘のために用意したカードだ……外見だけでなくさぞやスキルも優秀なのだろう。

ユニコーンとリビングアーマーもＤランクでは上位のカードである。ユニコーンは回復と補助魔法のスペシャリスト、リビングアーマーも痛みを知らない頑丈なガード役として人気のカードだ。

カードの値段では完全に負けているな、と小さく苦笑した。

だが劣等感はない。

俺のカードの方が、絶対にすごい。

この会場のみんながそう思わなくても、俺はそう思っていた。

その証拠にホラ、俺のカードたちもまるで気にしてなんか……。

「糞が、ちょっとくらい人気があるからって調子乗りやがって。人の十倍高いからって十倍強ぇーのかよ？　あ？」

「ねぇねぇ、あのエルフとメアのどっちが可愛い？　綺麗かどうかじゃなくて可愛いかどうかで答えてね？　可愛さならメアの方が上でしょ？」

メチャクチャ嫉妬丸出しだった。ジェラシーの塊。まさにルサンチマン。

完全に気持ちで負けてます。……これ、勝てるかなぁ？　俺は一気に不安になった。

『お互いの戦力は全くの互角。どちらが勝ってもおかしくない、良い戦いになりそうですね』

『それでは、試合開始！』

「――死ねやオラァ！」

試合開始と同時に蓮華が魔法を放つ。俺はギョッと目を見開いた。

ちょ、打ち合わせと違いますけど、蓮華さん!?

予定ではまずは距離を取るはずだったのにもかかわらず蓮華が先制攻撃をかけてしまった。

いや、良く見るとメアもだ！

カード二枚のいきなりの独断専行。しかし、これは……！

「なっ！」

「くぅ……!?」

「ブルルッ!?」

十七夜月が驚愕の声を上げる。同時に、エルフとユニコーンが苦悶の声を上げて地面に倒れ伏した。

『おおっと！　開幕早々北川選手の眠りの状態異常が決まったぁーー！』

実況の興奮の声が響き渡る。俺は素早く指示を出した。

「蓮華、ダイレクトアタックだ！」

「おう！」

最初は何してくれてんだ、と思ったがこれは好機だ。

まさか開幕状態異常が通ると思っていなかったのか、十七夜月も動揺を隠せない。そこへ、蓮華の光弾が迫る。

これは躱せまい！　勝った！　準決勝終了!!

俺が勝利を確信したその時。

「――アムド！」

十七夜月がそう叫んだ。リビングアーマーがバラバラに別れ、一瞬にして鎧となって彼女を覆った。深紅の鎧が蓮華の光弾を弾く……！

『なにぃイイィ!?』

思わず蓮華と二人、驚愕の声を上げる。

「マスター！　あれは！」

「ああ、間違いない！」

蓮華の問いかけに、俺は頷く。実在したのか！

『〇ン・ベルク作の鎧化魔剣！』

俺たちが口を揃えて言うと、十七夜月が含み笑いを漏らした。

「ふふふ、驚いたようだな。その通り、これこそ伝説の鍛冶師〇ン・ベルクが造りし鎧の魔剣！　この鎧は防御力が高いばかりか、電撃以外のありとあらゆる魔法をはじくのだ！」

十七夜月はノリノリでそう言った。

……いや、ネタを振ったのはこっちだけど、それは鎧の魔剣じゃねぇだろ。リビングアーマーの先天スキル、装備化だ。

リビングアーマーは、マスターやカードの装備品になることもできる珍しいタイプのモンスターなのである。

ついでに言えば、リビングアーマーは魔法防御力が高いだけでありとあらゆる魔法を弾くわけでもない。

しかし、なんだ……。奴も相当な漫画好きのようだな。蓮華の奴も、同志を見つけて目が輝いている。

「そしてッ！　ウチのパーティーに状態異常は無駄ッス！」

十七夜月は懐から瓶を取り出すと、ユニコーンとエルフへと振りかけた。

チッ、やっぱり状態異常対策は持っていたか。

ハッとした様子で十七夜月のモンスターたちが目を覚まし、同時にメアがはじき出されるようにエルフから出てきた。

眠ると同時に、メアがエルフの夢の中に潜入していたのだ。ネタを振ったのも、メアから注目を逸らすという思惑があった。

「キャア！　あーん、もう少しだったのに！」

「な、いつの間に！　なんて抜け目のない！　いや、ここはさすがと言っておくッス」

かなり衰弱した様子のエルフを見て十七夜月はこちらを鋭く睨んだ。

「蓮華、メア、もう一度だ」

「そうはさせないッス。ユニコーン！」

蓮華たちが再度状態異常を仕掛ける前に、ユニコーンの角が光を放つ。十七夜月のモンスターたちが光を纏い、蓮華たちの状態異常魔法は弾かれてしまった。

「チッ、イミュニティか」

イミュニティ。状態異常の抵抗力を上げる中級の補助魔法だ。こうなると、十八番の状態異常コンボもあまり頼りにはならなくなる。

「ここからはウチのターンッス！」

十七夜月がそう言うなり、リビングアーマーが分離しこちらへと接近してきた。剣を上段に構え迫る無人の騎士を、イライザが迎え撃つ。

リビングアーマーの切り下ろし。丸太も引き裂きそうな豪快な一撃……それを半身で避けつつ、イライザが蹴りを叩きこむ。……が、効果は薄い。リビングアーマーはわずかに体を揺らしただけで突きを繰り出す。イライザは腕に掠らせながらもそれを躱した。

……互角、いや若干分が悪いか。

リビングアーマーとグーラー、どちらもアンデッドモンスターだ。耐久力に優れ、状態異常にも強い反面、自我がないため単調な動きしかできないのが特徴である。

しかし、防御力による耐久性が優れているリビングアーマーと、屍食いによる回復能力で耐久性に優れるイライザでは、こちらの利点だけが打ち消されている。戦闘力も、リビングアーマーの方が上だ。

一方で、技術に関しては自我と精密動作がある分イライザの方が上か。頑丈さと膂力の差を、動きの精密さと多彩さでなんとか凌いでいるといった様子。

なんとか援護してやりたいところだが……。俺はチラリとメアを見る。

彼女は、ユニコーンと睨みあっていた。

イミュニティは長く続く魔法ではない。その切れ目を狙って再度状態異常を仕掛けようとしているのだろう。

しかしユニコーンも素早く魔法を発動しようと備えている。時折、牽制じみた魔法のやり取りがあるが、こちらも膠着状態だ。

一方蓮華は、エルフと激しくやりあっていた。魔法と弓の応酬が目まぐるしく行われている。

この試合のようにエースが上位ランクで突出した力を持っている場合、如何に敵のエースを封じつつこちらの決定打を当てるかが重要となる。

蓮華には事前に敵エースの牽制をメインに、隙をみて取り巻きを潰していくよう指示を出していたのだが……。

蓮華がエルフを狙って光弾を放てばエルフはそれを躱しつつ、イライザへと弓を放つ。蓮華はそれを打ち落とし、自分へと放たれた矢を躱す。十七夜月を狙う光弾をエルフが弓で打ち消し、メアを素早い連射で狙う。

そんな詰将棋じみたやり取りが淡々と行われている。

一歩ミスれば即終了。嫌な均衡状態が保たれていた。

俺と十七夜月、互いの視線が絡み合う。この膠着状態を動かせるのは、マスターしかいない。お互いに、どちらが先に動くか注視していた。

汗が顎を伝い、ポタリと落ちる。

先に動いたのは――――俺だった。

懐から一つの石を取り出し、「蓮華！」と呼び掛けてそれを地面にたたきつけた。

カッと閃光が世界を塗りつぶす。俺が使ったのは、閃光石という魔道具だった。

Eランク迷宮で手に入れたこの魔道具は、割れると凄まじい光を放つ。十七夜月に目を瞑らせない為、直前まで相手の眼を見ていた俺も、視界が真っ白になって何も見えなくなった。

十七夜月の「アムド！　……目が、目がぁ～！」という声が聞こえる中、徐々に視界が回復する。

「む、……座敷童ちゃんの姿がないッスね」

視力の回復した十七夜月が周囲を見回すと言った。

「かくれんぼのスキルッスか。ウチへのダイレクトアタックを狙ってるッスね？　でもご覧の通りリビングアーマーでガードしてるッスから無駄ッスよ」

「さぁてね」

「……なにを企んでいるのかは知らないッスけど、こうすれば一発でわかるッス」

そう言うと、彼女はエルフへと素早く指示を出した。

「ダイレクトアタックッス！」

「ッ！」

やっぱ、そう来るよな！

エルフが俺へと弓を向けた瞬間、俺はイライザの背後へと動いた。彼女も庇うのスキルで俺を守る。腕に矢を貫通させせつつ見事に俺を守り抜いた。

「やるッスね！　でもいつまで耐えられるッスか!?」

「次はない！」

俺がそう言うのと同時、どこからともなく飛来した光弾がユニコーンを打ち抜いた。悲鳴を上げて地に倒れ伏すユニコーン。

「ユニコーン!?」

「ッ、そこ！」

エルフが虚空へと矢を放つと舌打ちと共に蓮華が姿を現した。二の腕を抑えている。掠ったか。

だが、倒れ伏したユニコーンはピクリとも動かない。死んではいないようだが気絶させることには成功したらしい。——そしてすでにメアはユニコーンの中へと入りこんでいた。

蓮華がニヤリと笑う。

「これで、目障りな馬は直に消える」

「その前に貴女を始末すれば良いだけのこと」

エルフが鈴の鳴るような透き通った声で言った。

再び姿を消す蓮華だったが、エルフは大まかな位置がわかるのか弓矢を次々と放ち続ける。

蓮華も光弾を放ち続けるが……。

「グッ……!?　クソ！」

ついに捕捉されてしまった。

わき腹を抑えた蓮華が、地面へと座り込む。

エルフが冷たい笑みを浮かべた。

「フ、この程度ですか。所詮――」

エルフが嘲りの言葉を口にしようとした瞬間、蓮華が憤怒の表情で吼えた。

「誰がッ！　ワゴンセールの半額処分品だァーー！」

「えっ!?　そ、そこまでは――」

「隙あり！」

「な!?」

蓮華の逆恨み全開の叫びにエルフが動揺した隙をつき、ユニコーンから飛び出したメアが不意打ちを仕掛けた。巨大な犬へと変身したメアが、エルフを押し倒す。

エンプーサはユニコーンに掛かり切り。そう思い込んでいたエルフは、見事に不意を衝かれた形となった。

「く……、不覚」

一見、盤上から消えたようにも見えたユニコーンとメアだったが、その実メアの方は自由に動ける。

だが、誰がどう見てもこちらはこのままユニコーンを始末させた方がベストだ。

そのため、エルフはその選択肢を無意識に除外してしまったのだろう。蓮華の対応に集中していたというのも大きな理由の一つか。

しかしこちらはそもそも相手のカードをロストまでさせる気はなかったのだ。それゆえ、メアは常に奇襲の機会を窺っていたのである。

「お前！　私とキャラ被ってんのよ！」

「!?　ど、どこが!?」

立ち上がるのも忘れツッコミを入れるエルフへと、人差し指が突きつけられた。……蓮華だ。

「動くな」

エルフがその秀麗な顔を屈辱に歪める。

「くっ、この私が……！　こんな冗談のようなやり方で……！」

それを聞いた蓮華の表情が愉悦に歪む。なんとも邪悪な笑みであった。

「ようこそ、ギャグキャラの世界へ。そしてさようなら、だ」

蓮華が情け容赦なく止めを刺そうとしたその瞬間。

「待って！」

十七夜月の声が鋭く響いた。皆の視線が彼女へと集中する。

「……参ったッス。ウチの負けッス」

十七夜月はそう言うと、がっくりと項垂れた。

「アンナ……」

エルフも無念そうに俯いた。

それを見た蓮華は指を降ろすとつまらなそうに言った。

「ふん、そっちのマスターも、甘ちゃんみたいだな……」

『決ッ着ゥゥ！　何という目まぐるしい攻防！　張り巡らされた作戦！　これこそモンスター

コロシアム！　準決勝に相応しい名勝負でした！』

『お互いのモンスターのスキルを十分に活用した良い勝負でしたね』

その実況の声とともに、観客席から拍手と歓声が聞こえてくる。

……どうやら、退屈していた観客たちも今の勝負には満足してくれたようだった。

観客たちの拍手に見送られながら会場を後にすると、廊下で十七夜月とバッタリ遭遇した。

いや、この様子だと、俺を待っていたのか？

「いやぁ、参ったッス。お約束通り、鬼人のカードはそっちに譲るッスよ」

「……ホントは、自分が勝っても俺に譲る気だったんだろ？」

俺がそう言うと、十七夜月は照れ臭そうに笑った。

「いやぁバレてたッスか？　お察しの通り、あれは北川先輩と戦うための、まあ、仕込みッス。結局、策士策に溺れるという奴になっちゃったッスけどね」

「まあどう見ても神無月や十七夜月に比べたら俺はモブキャラだしな」

「いやいや、そんなことないッスよ。そりゃあ、昨日見た時はちょっとそう思いましたけど、いざ闘技場で対面してみたら驚いたッス。別人かと思いましたよ」

「え？」

「なんていうか、存在感が違うというか。まあ、そういうことなんでしょうね。ウチが負けた理由って」

なにやら納得したように頷く十七夜月に、俺はチンプンカンプンだった。

「えーと、十七夜月」

「あ、苗字じゃなくてアンナでいいッスよ。ウチの苗字、なんかややこしいし」

「え？　そうか？　まあそう言うことなら……俺もマロでいいよ」

試合相手という気安さもあって、俺は気づけばそう言っていた。

「お、マロ先輩ってわけッスね。これからよろしくお願いしますッス。あ、ラインやってます？　ＩＤ交換しましょう」

「あ、ああ」

何この子、すごいグイグイ来る……！

なお、ラインの写真はエルフとアンナのツーショットだった。

……エルフと顔を並べてもブスに見えないって、改めて凄いなこの子。

ＩＤを交換したのを確認したアンナは軽やかに去っていった。

「………………」

俺は一人になった廊下で誰もいないことを確認すると。

「いよぉぉっし！　よぉぉし！」

全力で喜びを噛みしめた。

それは準決勝に勝利し、決勝に進めることへの喜び――――ではない。

アンナのような超絶美少女ハーフとの連絡先を交換出来たことへの喜びであった。

家族を抜けば１００％。それが俺のラインにおける男の占有率だ。

無論、クラスのグループラインには俺も入っている。が、その中の個別の女の子とは一人も連絡を取り合ったことがない。当然、友達リストにも入っていない。

見事なまでに男一色。妹に男色を疑われるほどに女子と縁がない。

それが俺の人生であった。

が、ここにきて初めて女の子が追加された。

それもハーフ！　の美少女！　しかも、冒険者で社長令嬢！

こんな奇跡ってある!?

まるで、まるでリア充みたいじゃないか！

そう思った瞬間、我に返った。

……いや、待て。出来過ぎている。落ち着け、冷静になって考えろ。

なぜ、リア充でもない俺にこんな素敵なイベントが起こるんだ？　俺はただのモブだぞ。もしや、何かの罠なんじゃないか？

もしかして、ドッキリ？　その単語が頭に過った瞬間、俺は周囲を素早く見渡した。そうだ、ここはＴＶ番組のテリトリー内！　同時にドッキリ企画が進行していてもおかしくない！

ふ、そうは行くか。さっきはちょっとばかし油断してしまったが、もう無様な姿は晒さんぞ。

どこかに仕掛けられているだろうドッキリカメラを警戒して神経を張りつめさせていた俺だったが。

俺なんかにドッキリを仕掛けても、撮れ高なんか稼げないことに気づき、我に返ったのだった。

【Tips】モンスターのランク

モンスターはその初期戦闘力によって大まかにランク分けされている。また、ランクが高いほどスキルも凶悪化していく傾向にある。

モンスターのランクはその土地や文化に強い影響を受け、同じ種族のモンスターであっても国によってランクが変わる。日本においては妖怪は強化されて出てくる。例えば座敷わらしは日本ではＣランクだが、西洋諸国ではＥランクモンスターである。

第九話　冒険者の技術

『さあ大変お待たせしました。三日にわたる大会もいよいよ決勝戦、泣いても笑ってもここで決まる！　賞品のレディヴァンパイアを奪うのはどちらなのか！　選手の入場です』

俺が会場へと足を踏み入れると、予想外に大きな観客の声援が出迎えてくれた。

準決勝での戦いで、俺のファンも少しはできたようだ。最前列に両親と妹の姿を見つけたので、手を振りながら中央へと進む。

『まず現れたのは、若干二か月というキャリアながら二ツ星冒険者の北川選手！　Eランクからcランクカードまで幅広く活用し、ここまで勝ち残りました！　決勝ではベストメンバーで挑みます。対するは――』

実況が言葉を止めると、ゲートへとスポットライトが当たる。観客の歓声とともに現れたのは、神無月。まるで気負うところのない様子で悠然と歩いてくる。まるで主役の登場だ。

『一回戦からここまで圧倒的な力で勝ち進んできた神無月選手！　使用したカードはわずか三枚のDランクカードのみ。北川選手とは同学年でありながら約三年のキャリアの差があります。経験とテクニックの差がどうでるか！　それでは両者、カードの召喚を！』

「召喚！」

俺が呼び出したのは、もっとも使い込んできた初期メンバー三枚。

【種族】クーシー（ユウキ）
【戦闘力】３００（１１５ＵＰ！　ＭＡＸ！）
【先天技能】
・妖精の番犬
・集団行動
【後天技能】
・忠誠
・小さな勇者
・本能の覚醒
・気配察知

戦闘力はマックスの３００まで成長し、下級のＣランクカードの初期戦闘値に迫るほどとなった。

しかし、俺の心に余裕は全くない。なぜなら、Ｄランクカードのカンストなど、この戦いにおける前提条件なのだから。

神無月の呼び出したカードを睨む。

奴が呼び出したカードは、大柄な蜥蜴人間と、二足歩行の猫妖精、そしてとんがり帽子とローブ姿の小さな少女だった。

……リザードマン、ケットシー、ウィッチか。それぞれランクはD、D、C……。決して低くはないが、予想よりも低い。

最低でもCランクが二枚あってもおかしくないと思っていたのだが。さすがにCランクを二枚も持つのは難しかったのか、あるいは……。

そんな俺の疑問に答えてくれたのは、実況だった。

『……おや、登録情報ではCランク四枚、Dランクカード六枚で登録している神無月選手ですが、決勝にはC、D、Dの組み合わせで挑むようです。こちらの方がランク以上に使い込んだベストメンバーということなのでしょうか？』

あ？　俺は実況の言葉に眉を顰めた。おいおい、ナメプかよ？　観客たちからも嫌なざわめきが走る。

そして、それ以上に憤ったのが、俺のカードたちだった。

「チッ、舐めやがって……！」

「さすがに、面白くないですね」

自分を睨む俺のカードたちに、神無月は苦笑した。

「別に、君たちを舐めているからってわけじゃない。この三枚が本当の意味で僕のカードだから、決勝はこの三枚で挑みたかっただけさ」

「あん？　どういう意味だよ」

「残りのCランクカードは、死んだ兄の形見でね。まあ今のマスターはちゃんと僕なのだけど……皆が自分で手に入れたカードで戦っているのに、相続したカードで勝つってのも、さすがにね」

なるほどね……。意外とフェアなんだな、コイツ。

まあたとえそれが遺品だろうが親に譲られたカードだろうが、カードはカードだと俺なら思うが……まあ、そういう考え方も嫌いじゃない。案外、気が合うかもな。

俺がそう思っていると、神無月は爽やかに笑った。

「まあ、それでも優勝できそうにないなら使ったけどね。負けたら意味ないし。でも、どうやら使わずに済みそうだからさ」

安い挑発だ。普段だったら余裕でスルー出来る発言である。

が、今日、この時は流せなかった。顔が歪んでいくのが分かる。

それは俺のカードたちも同じのようで、蓮華が歯をむき出しにした。

「おい、マスター。ずいぶんナメられてるじゃねぇーか。アタシの知らないところで小便でも漏らしたのか？」

「心当たりはないな。お前こそ、さっきの試合でやらかしてないよな？」

「んなわけねーだろ。いずれにせよ、だ。見たいよな？　見たくねーか？」

「ああ、見たいね」

あのすまし顔が泣き顔に変わるところをよぉ……！

口に出さずとも、俺たちの思いが一つになったところで。

『それでは、試合開始！』

開戦のベルが鳴った。

「ぶっ殺す！」

蓮華が速攻で弾幕を放つ。同時に、イライザとユウキが駆け出した。

迫る弾幕に対し、青みがかった黒髪をショートボブに切りそろえた少女——相手側のウィッチが前に出る。手を翳し、半透明の壁を生み出した。弾幕が、ことごとく防がれる。

……中級補助魔法のシールドバリアか。ウィッチは、魔法のスペシャリストであり、中等魔法使いの先天スキルを持っている。

故にシールドバリアを使ったことに驚きはないが、蓮華の弾幕をすべて防ぐか……。やはり純粋なマジックキャスターなだけあって魔力はあっちの方が上だな。

「今度はこっちの番だ」

神無月がそう言うと、濃緑色の鱗を持った怪人と、黒の毛並みに白い手足を持った二足歩行の猫がこちらへと襲い掛かってきた。

リザードマンは、高いレベルで能力を保ったバランス型。ケットシーはスピード寄りのアタッカーだ。

「ユウキ、ケットシーだ！」

その指示だけで、イライザがリザードマン、ユウキがケットシーという担当をカードたちは理解する。

肉体のリミッターが外れた金髪の屍食鬼と大柄で屈強な蜥蜴の亜人が身体ごとぶつかり合う。

肉と肉が激突したとは思えない重い音が響き……弾き飛ばされたのはウチのイライザだった。

地面を転がり、すぐに跳ね起きるが、そこへリザードマンの追撃の回し蹴り。イライザは咄嗟に両腕で防御……出来ない。またも軽々と飛ばされる。

これは……戦闘力の差もあるが、体格の差が出ているのか？

二メートルを超える蜥蜴の亜人と、成人女性相応の体格のイライザでは、どう考えても彼女に分が悪い。

イライザ単体では無理だ。何らかの援助を、そう考えた瞬間、小さな影が彼女へと襲い掛かった。

ケットシー！　俺の目では線にしか見えない速度でイライザの周囲を飛び回り切り刻む！

なぜ、ここにケットシーが！　ユウキはどうした！

俺の疑問と同時に、ユウキが駆けつけケットシーへと爪を振るう。それを軽々と躱すケットシー。

クソッ、速さで抜けられてきたのか。

ケットシーは、ユウキの攻撃を避けつつイライザへと攻撃する余裕すらあった。無論、リザードマンも見ているだけではない。イライザと格闘戦をしつつ、ユウキにまで隙あらば殴りかかる。ユウキはリザードマンへと警戒を割かざるを得ず、余計にケットシーを捉えられない。

そこへ、一つの光弾がケットシーへと飛来した。蓮華のフォローだ！　光弾を躱したケットシーが、一旦距離を取り警戒する。追撃の光弾が降り注ぎ、ケットシーは軽やかに躱していく。その先には、リザードマン！　一瞬動きが鈍るケットシーに、蓮華の光弾が迫る。ついに捉えた！

その瞬間、光弾を黒い魔弾が打ち落とした。最初は何が起こったかわからなかったが、一拍遅れて理解した。ウィッチの妨害だ。

だが、あのタイミングでピンポイントに魔法を打ち落とす？　ウィッチの方が遠いんだぞ。一歩間違えれば、ケットシーにあたっていたのはウィッチの魔弾の方だ。なんという弾道予測、そして精密射撃。

その凄まじさを蓮華も理解したのか、頬を一筋の汗が伝った。

……なんだ、これは。イライザがリザードマンに勝てないのはわかる。だが、クーシーとケットシーの戦闘力はさほど変わらないはず。スキルの差なのか……？　ウィッチも何かおかしい。さっきから感じているこの違和感は……そうか、連携力だ。奴らの動きがあまりに連携が取れていて、まるで一つの生き物のようなのだ。

これが、俺と奴の経験の差なのか……？

『神無月選手！　圧倒的連携力で北川選手を追い詰めます！』

『神無月選手はすでにリンクが使えるようですね。練度も高い、素晴らしいです』

『……？　すいません、リンクとは？　なにかの専門用語ですか？』

『ああ、すいません。主にプロの冒険者が使うテクニックの一つです。長くカードを使っていると、カードと特殊なつながり……ラインを得ることができるようになるんです。それを我々はリンクと呼んでいます。リンクをつなぐことで、言葉を介さずとも意思をカードに伝えられ、またカードたちもマスターの感覚を受信し、全体の把握をすることができるようになります。結果、連携力が飛躍的に上がるというわけですね』

『な、なるほど……そんな技術があったんですね』

重野さんの解説に実況がうなるように感心し、観客たちもざわめく。

……なるほど、ただの訓練では説明できないレベルの連携力は、そういう絡繰りだったのか。

俺は、険しい視線を神無月へと向ける。重野さんが解説している間動きのなかった神無月は、俺を見るとにっこりと笑った。

「そういうわけだから、僕と君との間には戦闘力以上に大きな差があるんだ。わかったら降参してくれないかな？」

「く……」

なぜ神無月が、カードのランクを落としても余裕だったのか。その理由が分かった今、俺はその爽やかな笑みに強い威圧感を感じていた。

……ここまで、か？　粘っても、神無月には勝てない。下手に足掻いてカードを失うくらいならば。

俺の思考が弱気に傾いたその時、蓮華が小さく呟いた。

「なるほどね……」

「蓮華？」

蓮華が、強い眼差しで俺を見る。

「テメェ、まさか降参しようとはしてねーよな？」

「いや……だが」

このままじゃ勝てないだろ。その言葉をなんとか飲み込んだ俺を、蓮華が嘲笑する。

「まー、テメェが顔も財力も冒険者の腕前も、その他もろもろ相手の足元にも及びませんって言うならそれでもいいけどよ」

顔は余計だろ、顔は。最初からそこで勝負しようとは欠片も思ってねーよ……。

「でも、降参の理由をアタシたちの安全のためにしようとしてんなら、絶対許さねーぞ」

「う……」

今にも殺人を犯しそうな目でこちらを睨む蓮華に、俺は怯んだ。

「力及ばず負けるのは、アタシたちが悪い。カードとして、土下座して謝るぜ。でも、アタシたちのためにマスターが負けるのは、逆だろうがよ」

「…………わかったよ」

やるだけ、やってみるか……。

俺が強く神無月を睨むと、奴は意外そうに眼を丸くした。

「おや、まだやるのかな？」

「生憎俺のカードたちはまだまだやる気満々でね」

「ふぅん……できればロストはさせたくないんだけどな。まあ仕方ないか」

その言葉と共に神無月が冷たい無表情となる。う、く、来るぞ！

「ユウキ、本能の覚醒！」

「ウオオォォォン！」

「本能の覚醒か。良いスキルを持ってるね、でも、それには弱点がある」

ユウキの咆哮を見た神無月が感心したように呟くと、ウィッチが無言で動いた。小さな魔女の手から放たれた黒い光がユウキを包む。

「本能の覚醒は、精神異常に弱い。少々迂闊だったね……むっ！」

何の異常も見られず自分へと向かってくるユウキを見て、奴が表情を険しくした。

ユウキは、小さな勇者のスキルにより本能の覚醒のデメリットを受けない。そこに蓮華の幸運付与があれば状態異常にはそうそう掛からない。

身体能力を増したユウキが、ケットシーへと襲い掛かる。その爪が猫妖精を捉える寸前、リザードマンが素早く割り込んだ。あの動き、庇うのスキルか。

蜥蜴亜人は、巧みな格闘術でユウキの腕をいなし、前蹴りを叩き込む。ユウキはそれを後ろに飛ぶことで威力を相殺したが、敵との距離が空いてしまった。

そこに飛来するウィッチの魔弾。ユウキは一転して防戦一方となる。その背後に迫る影――ケットシー。ユウキもそれに気づくが、対処する余裕はない。ユウキのわき腹をケットシーが抉る。ケットシーが更なる追撃を掛けようとした瞬間、蓮華の魔弾がそれを阻害した。

ホッと一息吐く間もなく、リザードマンの回し蹴りがユウキを襲う。そこへ、スキルを使用したイライザが駆け付けた。庇うのスキルで、リザードマンの一撃を受け止める。

同時に、ユウキのフォローをしたことで隙の生まれた蓮華へと、ウィッチの魔弾が襲い掛かった。躱す、躱す、躱す。蓮華はひらりひらりと舞いながら華麗に魔弾を躱し続けるが、仲間のフォローをする隙は無くなってしまった。

目まぐるしく変化する攻防に、俺は戦況を理解するのに精いっぱいで、とても指示を出す余裕などない。俺が言葉を発しようとしたその時には、その指示は二周、三周遅れとなっている。もはや、人間の言葉が割って入れる段階ではない。これが、リンクの有無か……。

俺が歯噛みしている間にも、皆の奮闘虚しく状況は刻一刻と悪化していく。

イライザとユウキの身体には裂傷が増えていき、蓮華の回避にも余裕がなくなっていく。

その時、ケットシーがユウキたちの傍から離れた。向かう先は、蓮華。離れたところにいる俺からは丸見えの動きだが、魔弾の動きに集中している彼女は気づいていない。

俺が「危ない」と声を出すまでの間に、ケットシーが蓮華へと迫る。

スローとなった世界で、俺はなんとか一瞬でも早く彼女に言葉を届けようと足掻いた。

だが、あまりに遅い。たった一言出すだけなのに、こんなにももどかしい。

「――――危ない！」

なんとか声を絞り出したその時は。

すでにケットシーは蓮華へと跳躍していた。

そのナイフを数本束ねたような爪は、あっさりと蓮華の華奢な背中を切り裂くだろう。

未来予知のようにその光景が脳裏に浮かんだ瞬間、脳がカッと熱くなった。

バチン、と光が脳裏に弾けて――――蓮華と何かが繋がったのを感じた。

「ッ!!」

蓮華が、見えないはずのケットシーの動きを躱す。そればかりかケットシーへと光弾を叩き込み、ウィッチの魔弾へとぶつける。まるで急に視野が広がったかのような動き。

蓮華がハッと俺を見る。俺は、蓮華を通じて俺を見た。蓮華もまた、俺を通じて自分を見た。

――これは、この心と心が繋がる感覚は、覚えがある。

ハーメルンの笛吹き男との闘いで、イライザがやられた時の、蓮華と深く感情を共有したあの感覚。

それをもっと強くした感じだ。

これが、リンクなのか?

蓮華が、俺を見てうれしそうに笑った。さすがアタシのマスターだ。そんな想いが、俺の胸へと届いた。

「……今のは、まさか。馬鹿な」

神無月が、何かを察したように険しい表情で呟く。

それを試すかのように、奴のカード三枚が同時に動き出した。

苛烈さを増す三位一体の連続攻撃に防戦一方となるイライザ、ユウキに対し、蓮華が自分への攻撃をいなしつつ、仲間のフォローを行う余裕があった。俺のカードの中で、蓮華の動きだけが際立って良い。

これがリンクの力か。

蓮華が叫ぶ。

「イライザ、ユウキ！　自分からマスターへと心を開くんだ。今のアイツに自分からラインを繋ぐほどの技量はない！」

「――――ッ！」

まず、俺とラインがつながったのはイライザだった。心の隔意がない彼女とのラインは、こっちが受け入れてやるだけですぐ繋がった。すぐにユウキとのラインも繋がれる。

俺を中心として一本の線でつながれた彼女たちは、一転して神無月のカードたちに抵抗できるようになった。

ユウキへのリザードマンの攻撃をイライザが受け止め、イライザへと不意打ちを仕掛けるケットシーの動きを蓮華が牽制する。蓮華が撃ち漏らしたウィッチの魔弾を、ユウキは見もせずに躱した。

「う、ぐ……！」

だが、その代償は俺の脳へと負担となって掛かった。頭が熱い。テスト前に徹夜で一夜漬けした時のような脳のだるさ。

それがどんどん積み重なっていく。急激に増した情報量と使い方に、脳がまだ慣れていないのだ。

それに、抵抗できるようになったと言ってもあくまでようやく防御らしい防御が出来るようになっただけ。劣勢を覆せる力はない。

俺のリンクはまだ入り口に立ったところ。あくまでカードたちの情報共有が出来るようになっただけであり、指示を出したりすることはできないのだ。

一方で、神無月もリンクが使える相手と戦うのは経験がないようで、どうにも攻めあぐねているようにも見えた。

しかし、時間が経つにつれて徐々にこちらの被弾が多くなっていく。神無月が、慣れ始めたのだ。

「……ふぅ、最初は驚いたけど、やはり経験の差は大きいね。まあこっちはこれをずっと練習してきたんだ。覚えたてにあっさり抜かされたら堪ったもんじゃない」

「う、く……」

「辛そうだね、僕も最初使った時はキツかったよ。二日くらい熱が出た。出来るようになったばかりなのに、こんなに無理したら後が大変だよ。もうその辺にしておいたらどうかな？」

「う、ぎ、が、ぁ……」

こんなちょっとした会話が、露骨に負担となって押しかかってくる。奴の言葉一つ一つが反響して脳に響き渡るよう……。

そんな俺を見て、神無月が苦笑した。

「本当にヤバそうだね。ここらでけりをつけてやるのも、思いやりか」

そう言うと、神無月が眼を閉じた。

なんだ？　なぜ、眼を閉じる。そんなことしたら自分の視界をカードに繋げられなくなるだろうに。

そんな俺の疑問は一瞬で吹き飛んだ。奴のカードたちからの圧力が一気に増したからだ。

「ッ！」

イライザがリザードマンの連打を受けて吹き飛ばされ。

「ギャンッ！」

ユウキがケットシーに一瞬で全身を切り刻まれる。

「な……」

愕然と目を見開く。

これは……こんな、あっという間に。

まるで、神無月の意思がカードの動きを後押ししたような凄まじい動き。リンクは、こんなこともできるのか。

呆然と、仲間たちを見る。イライザは、手足を砕かれ地に倒れ伏し。ユウキは緑の毛並みを赤く染めて、身体を震わせている。

未だ彼女たちとのラインからは戦意が伝わってくるが、その身体はどう見ても戦える有り様ではない。

「な、イライザ、ユウキ！」

仲間の負傷に蓮華が動揺をあらわにする。

隙だらけだ。馬鹿、今は目の前の敵に集中しろ、冷静さがお前の売りだろうが！

俺がリンクでそれを警告する前に、彼女の感情がダイレクトに伝わってくる。

…………そうか。目を伏せる。リンクで仲間とつながっていた分、仲間の苦しみまで伝わってしまったか。それで、仲間想いの彼女は余計に動揺してしまった。

リンクは、仲間たちの力を引き出した一方で、彼女の思わぬ弱点も露呈させてしまったのだ。

しかし。それは。あまりに致命的な隙で――。

「ッ！　……ガハッ！」

「蓮華ァァァ！」

雷の槍が蓮華を打ち抜く。地面へと滑り込んで、撃墜された彼女をなんとか受け止めた。

傷口を見て、思わず目を背けそうになる。

雷の槍は、少女のわき腹を見事に穿っていた。腹部は三分の一ほど失われており、全身を焼いた電撃が、皮肉にも止血になっているような有様だった。

すぐにミドルポーションを取り出して振りかける。だが、完治には程遠い。延命レベルの悪あがき。

蓮華の窮状は、ラインを通じて仲間たちへと伝わった。

「■■■■■■■■■――！」

ユウキが、大気が震えるほどの咆哮をあげ、敵へと突進した。こちらが焼けるほどの、凄まじい怒りが伝わってくる。理性は完全に蒸発し、ありとあらゆる枷から解き放たれた肉体は、一回りも二回りも大きくなったように見えた。狂戦士さながらに暴れ回る。

イライザが、全身から蒸気を立ち昇らせて起き上がった。ラインを通じて、彼女の状態が伝わってくる。この仲間想いのグーラーは、自分の肉体を喰らうことで急激にダメージを回復させ、肉体を強化しているのだ。無論、長く続く状態ではない。このままでは、彼女は、彼女自身で、自らを食い尽くすだろう。だがそんな状態にもかかわらず、彼女は敵へと立ち向かっていった。

猛攻。自らの命を燃やし尽くすようなカードたちの奮闘は、ここに来て初めて神無月を圧倒していた。

だが、それは長くは続かない。まさに回光返照の、儚い、一瞬の煌めきだ。神無月もそれがわかっているから、無理をせず防御に徹している……。

「……………」

もはや、ここまでか。グッと歯を食いしばる。

完全敗北、だった。

これ以上は戦えない……。

直に、俺のカードたちは自滅という結末を迎える。

そもそも、実力が違い過ぎたのだ。
思えば、奴は最初から手加減をしていた。
それに最初は憤りを覚えたが、今となっては感謝するしかない。
蹂躙されるはずの試合は戦いの形となり、リンクという新しい技術を得た。
カードたちも、今ならロストを免れる。
これらはすべて神無月の思いやりだ。
冷たい容姿で勘違いしていたが、冷静になってみれば結構いい奴じゃないか……。
ここまで手加減されちゃあ仕方ない。
優勝と、ヴァンパイアのカードは奴に譲ろう。
これが、俺の初のモンコロの終わり……。

【Tips】リンク

カードとマスターの間には、見えないラインが存在している。マスターに対するダメージの肩代わりなどはこのラインを介して行われている。リンクはそのラインを利用して感覚や感情の共有を行う技術である。

これにより、カードたちに迅速な指示が出せるようになる他、カード間の連携能力が飛躍的に向上する。

しかしそれらはまだリンクの入り口に立ったに過ぎない。

リンクにはさまざまな可能性が秘められており、リンクを使えない、使いこなせない冒険者はただカードを所有しているだけとも言える。

第十話　カードの名付けは、死んでも良いって思ってる証拠

「まい――」

「まだ、だ……」

俺が降参を告げようとしたその時、掠れた声がそれを遮った。

ググッと身体を起こし俺を見上げる蓮華。

その様子は誰がどう見ても瀕死で。

「まだ、戦える、ぜ……」

「何言ってんだ、お前！　これ以上は本当にロストしちまうぞ！」

だから俺は出会ってから初めて本気で蓮華を怒鳴りつけた。

「だろうな」

「だろうなって……」

一瞬絶句し、問いかける。

「なんで、そこまで……」

「――お前が、言い訳しようと、したからだ」

「……ッ」

蓮華の強い眼差しが、俺を貫いた。

図星をつかれ、心臓がドキリと跳ねる。

「お前、色々理由をつけて、負けを納得しようと、しただろ……。そうやって負けたら、お前の人生に消えない負け癖がついちまう。いつか来る、絶対に負けられないところで、負けちまう……そんな奴になっちまう、だろうが」

「蓮華……」

彼女の言う通りだった。俺は、神無月の方が経験も長いし負けても仕方ないだとか、今なら蓮華たちをロストせずに済むだとか、色々と負ける為に理屈をこねていた。終いには、悔しさを誤魔化すために相手を内心で褒めてすらいた。アイツは凄い奴だ、優しい奴だと……だから負けても悔しくなんてないと。

そんなのは、負け犬の理論武装だ。蓮華はそんな俺の内心を見抜いていたのだ。

「お、覚えとけ。本当に負けるその瞬間まで、足掻けない奴に……幸運は、微笑まない、んだよ」

血を吐くような蓮華の訴え。

お、俺の為なのか……。ここだけじゃない、俺の人生全体のことを考えて……。

胸に込み上げてくる熱い何かに、胸元をグッと握りしめる。

言葉が出ない俺の頬へ、小さな手がそっと添えられた。蓮華が囁くような声で問いかけてくる。

「なあ、なんで歌麿は、アタシたちに名付けをしたんだ？」

「それは……お前らを失いたくないからだよ。だから、もうやめようぜ」

負け癖がついたって、コイツらをロストさせるよりは良い……。

蓮華の話を聞いて、逆にその想いは強まった。勝つというのは、コイツらを死なせてまで得なきゃいけないことなのか？　そんなの、絶対に嘘だ。

しかし、俺の言葉に蓮華は首を振る。

「それなら、なおさら、最後まで戦わせて、くれ。ロストしても、本当に失われるわけじゃあ、ないんだから」

「いくら完全にロストしないって言っても、一回死ぬのは同じことだろうが！」

俺は、ユウキが死にたくないと震えていたことを覚えている。いくら復活できるカードと言えど、死ぬのは怖いのだ。

だから俺はこれまでの迷宮探索でも、低ランクカードを使い捨てにするようなことをしてこなかった。Ｆランクカードに罠をぶち当てて解除していく方が効率的だと知っていても、頑なにイライザに罠への対処を学ばせ続けた。

それが、命の大切さを教えてくれたコイツらへの俺なりの感謝だったのだ。

なのに、その当人が、頼むから死ぬまで戦わせてくれと言う……。

蓮華がフッと笑った。死を覚悟したものの、透明な笑み。

「なあ、知ってるか？　名づけは、カード側が拒否することもできるんだぜ？」

「なに？」

……知らなかった。カードの名付けは、マスターによる一方的なものだと思っていた。

だが、それが今、なんの関係が……。

俺の疑問を他所に、蓮華が静かに語る。

「アタシたちにとって、ロストは死じゃない。カードから失われれば、ただ〝母なる海〟に帰るだけのこと……。だが名づけを受ければ、そのマスターに、拘束され続けることになる。そんなのごめんだと思ったなら、カードだって名前を拒否することができる。名前を受け入れるってのは、アタシたちにとっても、覚悟のいることなんだ」

そこのところ、メアの奴はわかってなさそうだけどな。と蓮華は小さく苦笑した。

俺の眼を見る。仄かに赤い瞳の中に、俺の顔が映った。

「世の、マスターたちが、名付けをどう思ってるのかは、知らない。もしかしたら、ちょっとした保険程度に、考えてんのかもな。でも、アタシたちにとって、名前は――」

――マスターの為なら何度だって死んでもいいって思ってる証拠なんだぜ？

「……………………ッ！」

声にならない叫びを上げて、胸を掻きむしる。

自己嫌悪で今すぐ死にたかった。クラスカーストで成り上がりたいからとか、クラスの連中にバカにされたくないとか、そんな気持ちで大会に出た少し前の俺を、本気で殺してやりたかった。

コイツらはこんなに覚悟を決めて俺について来てくれたのに、俺はフワフワした気持ちでまた戦っていた。

覚悟が全然足りなかった。ハーメルン戦で学んだつもりだったのに、俺はまるで成長していなかった。

……だが、今、決めた。今からならまだ間に合う。そうだ、ここから一緒に戦おう。

俺は、すべてを失う覚悟を決めた。

「……お前らが」

懐から一本の小瓶を取り出す。

アムリタ。これが俺の覚悟だ。

これを売れば、万が一カードが全滅しても復活させられる。

今までは、そんな保険をかけて戦っていた。

でも、そんな保険を持ったままじゃ、命懸けじゃない。

これを持っていたから、どうせ負けても大丈夫と思っていたから、甘えてたんだ。

負けても、自分で復活させる。何年掛かっても、何十年かかっても。それが、礼儀だ。

「全部割れても、必ず全部復活させてやるから、心配すんな」

俺がそっとアムリタを口へと運んでやると、蓮華は一瞬キョトンとして。

「ああ！　それでこそ、アタシのマスターだ」

そう言って、心から嬉しそうに笑った。

蓮華がアムリタを一気に呷る。蒼い光が彼女を包み込んだ。

パッと光が弾けた時……彼女の傷はどこにもなかった。

完全復活だ。痛々しい傷がすべて消え去った彼女の姿を見て、ホッと頬を緩める。

しかし……それでも、振り出しに戻っただけ。戦力の差は些かも埋まっていない。

敗北は確定している……だが、それでも構わない。無様に、全滅する瞬間まで足掻くだけだ。

と、その時。蓮華がポツリと呟いた。

「………ああ、そうか。そういうことなのか。そりゃあ、誰も気づいてないわけだ……」

「蓮華……？」

怪訝な顔をする俺に、蓮華は可笑しそうに笑う。

「アタシみたいな外れカードに、アムリタなんて貴重品を使うバカは、お前くらいだって話だよ」

「何を言って、……ッ！」

ハッと前を見る。

そこには、電池が切れたように地面に倒れ込むイライザとユウキの姿があった。

リンクから感じる二人の状態は、瀕死。

時間切れ、か。これでは蓮華が復活しても、もう……。

唇を噛みしめる俺に、蓮華が囁いた。

「大丈夫だ、アタシに任せろ」

どういう意味だ、と問い返す前に——強い光が目を焼いた。

同時に、ふわりと花の香が鼻をつく。

「これ、は……っ!?」

腕で目元を庇いつつ、光を纏った蓮華を凝視する。

やがて光が消え、徐々に視界が戻って来た時……そこには蓮華の姿はなかった。

「……は？」

ポカンと口を開ける。

先ほどまで蓮華が立っていた場所を中心に、無数の蓮華の花が咲き誇り、その中心に一人の女性が立っていた。

神々しい光を放ち、天女の羽衣のような服を身に纏った妙齢の美女。黒髪は長く艶やかで、瞳は紅く、その横顔はこの世のものとは思えぬほど美しい。

女神。安直だが、そんな言葉が脳裏に響いた。

「――アムリタの雨よ」

女神が一言呟いた。脳が痺れるような美声。会場を、光の雨が降り注ぐ。

心地よい。体の中に溜まった悪いものがすべて洗い流されていく感覚。脳の疲労感も解けるように消えていく。

「………マス、ター？」

「これは、傷が……」

「イライザ！　ユウキ！」

完全回復した仲間たちが体を起こす。

一方で、神無月のカードたちのダメージはそのまま。

まさか、そういうことなのか？

呆然と女神を見る。彼女は俺の視線に気づくと、ニヤリと悪戯っぽく笑った。そこには間違いなくアイツの面影があった。

「これは……」

神無月が魅入られたように呟く。

が、すぐに気を取り直したように俺を鋭く睨む。

弾かれたように奴のカードが動き出す。

奴もいろいろと気になることはあるだろうが、今は後回しにすることにしたのだろう。

メンタルの立て直しが早い。いまだに混乱している俺とは違う。

だが……。

「なにッ!?」

奴のカードたちの悲鳴と、神無月の驚愕の声が響く。

女神……いや、蓮華が手を翳しただけで奴のカードが地面へと叩き付けられた。いや、違う。

よく見れば黒い光の波が、今も奴のカードを凄まじい力で押さえつけているのが分かる。

これは、もしかして高等攻撃魔法のグラビティか？

「く……みんな！」

ミシミシと骨の軋む音と共に地面に這い蹲っているカードたちを見た神無月が、顔を歪める。

が、すぐに懐から何かを取り出すと手の中で砕いた。

黒い光の波が消え、奴の仲間たちが自由を取り戻す。防御用の魔道具か。高等攻撃魔法を打ち消せるほどのものとなると、相当高価なものだろう。

重力魔法から解放された奴のカードたちが、弾かれたように蓮華へと襲い掛かった。

迫る三体のモンスターたちを、女神は薄い笑みを浮かべて迎え撃つ。

「星の海よ」

そう呟いた瞬間、彼女の背後に宇宙が広がった。

漆黒の海の中に浮かぶ小さく光る星々……。

その神秘的な光景に目を奪われていると、無数の閃光が奔った。

通常なら地表に届くまでに燃え尽きる微細な隕石たちは、蓮華の開いたゲートを通ることにより地表へと降り注ぐ。

高等攻撃魔法――メテオ。

流星群の雨が神無月のカードたちを無残に貫こうとしたその瞬間。

「まだだ！」

宇宙が見えたその時には動き出していたのだろう神無月が、また一枚魔道具のカードを切った。

神無月のカードたちが姿を消し、流星群が空を切る。

轟音、衝撃。土埃が立ち上がり、周囲が全く見えなくなる。

俺はすぐにリンクでカードたちと感覚を共有し、神無月のカードがどこへ消えたかを探る。

どこだ、どこへ消えた!?

『後ろだ、しゃがめ』

「ッ！」

脳裏に響いた神託にも似た声に従い、素早く地面に伏せる。

同時に、何かが頭上を通り越していった。

ケットシーだ！

神無月は魔道具でカードを退避させた後、すぐに俺へのダイレクトアタックを狙ってきたのだ。

俺が躱したことによって空中で無防備となったケットシーを、緑の猟犬が襲う。

首筋へと食らい付き、体を抑え込み、ケットシーを完全に組み伏せた。

魔犬の唸り声と、妖精猫の悲鳴が響き渡る。

このままケットシーを仕留められるかと思ったが、それを黙って見ているような神無月ではなかった。

すぐさまリザードマンが仲間を助けるべく駆け付ける。その進路上に立ちふさがったのは――イライザ。

その身体からは未だ蒸気が立ち上がり、眼は真紅に染まり血の涙を流している。

生きた屍である我が身を屍喰いで喰らい力に変えて、火事場の馬鹿力でその力のすべてを引き出す。確かな自我を持つ彼女しか引き出すことのできないグーラーの真骨頂。

自らの肉体を蝕むほどの強化は、上位のDランクカードにも迫るものだろう。

リザードマンとイライザがぶつかり合い——拮抗！　以前は軽く吹き飛ばされていたというのに、今度はしっかりと彼女は蜥蜴人の重量とパワーを抑え込んでいた。

「グッ、ガァァァァアアアアアアアアア！！！」

物静かな彼女からは想像できないほどの咆哮を上げ、イライザがリザードマンを投げ飛ばす！　すかさず腕を取り、関節を極めて抑え込んだ。

これで、三体中二体を拘束した。

残るは一体……！

小さな魔女は、とんがり帽子を押さえてこちらを睨んでいた。

その眼からは一切戦意が失われておらず、いかにして俺からダイレクトアタックを奪うかと思考を巡らせているのが見て取れた。

その射貫くような眼差しから遮るように、蓮華が俺の前に立つ。

『…………………………』

痛いほどの沈黙が場を支配する。

動いたのは——同時。

ウィッチが雷の槍を、蓮華が電柱ほどもある岩の槍を。

ライトニングとアースピアース。属性的に有利な魔法を放つことが出来たのは偶然か、あるいは操作された幸運によるものか……。

ただ一つはっきりしているのは、こちらの岩の槍は雷の槍を打ち破ったということだった。

自分へと飛来する岩の槍を、ウィッチは視線を逸らすことなく睨み続けている。

そして槍がその小さな体を貫こうとしたその時。

その前に立ちふさがる存在がいた。

『ッ!?』

三枚のカードたちの驚愕が俺へと流れ込む。蓮華たちにも俺の驚愕が流れ込んでいることだろう。

「マス、ター……」

ウィッチがかすれた声で、呟くのが聞こえた。身を挺して自分を庇った、主の姿を凝視している。

一瞬遅れて、ガラスが割れるような音が響き渡った。

魔道具の障壁と岩の槍が相殺される音。

神無月は一瞬だけ目を伏せ、俺を見ると晴れやかに笑った。

「参った！　僕の負けだ！」

一拍間が空き。

『……け、け、け、決ッッ着ッ！！！　勝利！　北川選手の勝利です！　北川選手が何かのポーションを飲ませた途端、座敷童が変身し、鮮やかに試合を決めてしまったァァ！　一体あれはなんだったのか、そしてこれは何というスキルなのか！　重野さん、これは一体!?』

　興奮した実況の声が会場へと響き渡ると、いつの間にか静まり返っていた観客たちが徐々に言葉を取り戻し始めた。ざわつきながらも一体何が起こったのかと、実況席へと耳を傾ける。

『……馬鹿な』

『重野さん？』

『信じられない！　まさか、こんな！　あるのか！　カードを使わないランクアップが！』

『ええと、つまりどういうことでしょう。北川選手のカードはランクアップしたということですか？』

『ええ、間違いありません。あれは、Bランクカードのラクシュミーです。いや、日本では吉祥天と呼ぶべきか。いずれにせよ、間違いなくランクアップしている。上位のカードを使ったもの以外にも、カードをランクアップさせる方法があったとは。これは大発見ですよ！　一体どんな条件なのか。先ほど飲ませたものはアムリタ……？　アムリタを飲ませればランクアップするのか？　いや、それだけではないはず。それだけならもっと早く報告が上がってるはずだ。そうだ、あの座敷童、確か零落せし存在のスキルを持っていたはず。零落せし存在……零落、まさかそういうことなのか？』

『あ、あのー、重野さん？』

　何やら混乱しているらしい実況席をよそに、俺は大きく変貌を遂げた蓮華へと歩み寄っていった。イライザとユウキも寄ってくる。恐る恐る問いかける。

「蓮華、なんだよな？」

「他の誰に見えるというのだ？　マスターよ」

うっすらと微笑を浮かべる彼女の姿は、間近で見るとより凄まじかった。

蓮華の面影を残しつつ、完成された大人びた顔だち。目元は涼やかで、その奥にある紅い瞳は確かな知性を讃えている。薄く透けた羽衣から見える体のラインは、確かな凹凸を描いており、魅惑の肢体を見るものに思い起こさせた。

神々が作ったと言われるエルフの造形とはまた違った、神そのものの美しさ。肉体の反応ではなく、魂自体が惹かれるような……。清らかで甘い蓮華の花の香り。彼女が短く言葉を発するだけで、肌が粟立つような感覚がした。

「いや、なんというか、あまりにも変わり過ぎてて。口調も変わってるし。なあ？」

「は、はい。……あの、ボクたちのこと覚えてますよね？」

恐る恐るユウキが問いかけると、女神は小さく苦笑し……。

「当たり前だろうが、ちょっと見た目が変わったぐらいで大袈裟なんだよ」

「あっ!?」

「戻った！」

ポンと音を立てて少女の姿に戻った蓮華を見て、俺たちは驚きの声を上げた。

「お、おお。なんだ、元に戻れるのか」

「ああ、一応スキルの効果だからな。むしろ、ずっとは変身できない。まあ詳しいことはあとで説明するよ」

「スキルなのか……」

そんなことを話していると、俺たちへと歩み寄ってくる影があった。神無月だ。

「やあ」

「あ、ど、どうも」

爽やかに笑いかけてくる先ほどまでの対戦選手に、俺は咄嗟にどう対応していいか分からず、そんな頓珍漢な返ししかできなかった。

神無月がプッと笑う。

「なんだい、それ。さっきまではすごい気迫だったのに。試合が始まってすぐ思ったけど、顔合わせの時と試合中じゃ全然違う人みたいだね」

「え。そ、そうですか？」

なんか、アンナもそんなこと言ってたな。

なんてことを考えていると、神無月が手を差し出してきた。

「敬語じゃなくていいよ。同い年だろう？　よろしく」

「あ、ああ。その、よろしく」

差し出された手に反射的に握手を交わす。神無月の手はピアニストのように細く繊細さを感じさせるものだった。

「さっきは驚いたよ。一体どういう絡繰りなのかな？」

「いやぁそれが俺にもさっぱり」

「ふぅん、……まあ、直にわかることか」

「え？」

一体どういうことだ？　と首を傾げる俺に、神無月が意味深に笑う。

「……これからちょっと大変かもねってことさ」

そう言って去っていく神無月の姿になんとも嫌な予感を覚えたその時。

「北川選手、優勝おめでとうございます！」

後ろから突然声を掛けられ、俺はビクッと肩を跳ねさせた。

振り返ると、そこには幾人ものカメラを持ったスタッフと目をギラギラと輝かせたアナウンサーが立っていた。

思わず頬を引きつらせながら答える。

「あ、はい。ありがとうございます」

「早速ですが、あの座敷童の変身は一体どういったスキルなのですか？」「飲ませたポーションは、もしかしてあのアムリタでしょうか？　どういった経緯で入手を？」「今日の昼飯は何を食べられましたか？」「僅か数か月のキャリアでここまでの成長をされた秘訣は!?」「彼女はいらっしゃるんですか？」「あのカードたちを手に入れたのはいつごろ？　カードパックで引いたというのは本当でしょうか？」「今日の晩御飯は何を食べる予定でしょうか？」

怒涛の質問攻め。

洗いざらい聞き出すまで絶対に解放しないという番組スタッフの勢いに、俺は神無月の言葉の意味をようやく理解した。

神無月の奴め、こうなるのが分かってたなら言ってくれよ……いや、言われても逃げられないか。

俺は微かに苦笑を浮かべると、質問に答え始めた。

これで、数千万の女ヴァンパイアが手に入ると思えば安いものだ。

しかしこの時の俺はまだ知らなかった。

これすらもこれから始まる取材地獄の幕開けに過ぎなかったことを……。

【Tips】零落せし存在

一部のモンスターの中には、本来の格よりも零落してこの世に現れるものがいる。零落スキルを持つカードが、それである。それらのカードに、「名前」とイベントアイテ……もとい、「固有の魔道具」を与えることで、本来の霊格に近づけることが出来る。

第十一話　カーストトップ≠リア充

朝。教室の扉を開けると、多くの視線が集まるのを感じた。

おはよう、その言葉を言う前に、多くの言葉が掛けられる。

「おお！　北川おはよう！」

「おはよ、田中」

「おはよ！　あはは、寝ぐせついてるよ！」

「マジか、後で治すわ、サンクス佐藤」

自分の席に向かうまでの間に、次から次へと挨拶の声をかけられる。

それに一つ一つ返事をしていると、東野と西田の視線を感じた。

人気者は大変だな、と二人の眼が語り掛けてくる。思わず苦笑した。

ようやく自分の席に着き、鞄を降ろす。

新学期に入って席替えが行われた結果、俺の席はクラスの中心近くになってしまった。

教師の目に入りやすく、ろくに居眠りもスマホ弄りもできない位置だが、少しだけ良いところもある。

「おはよ、マロっち」

例えば、四之宮さんが隣なところとかだ。

「お、おはよ、北川君」

四之宮さんと話していた牛倉さんが、少しだけ気恥ずかしそうに挨拶をしてくれる。

俺も若干気まずい想いをしつつ、それを隠して笑みを浮かべた。

「おはよう、四之宮さん、牛倉さん」

「おう、師匠、今日はちょっと遅かったやん。なんや、夜遅くまで変な動画見てたんか？」

怪しい似非関西弁で馴れ馴れしく話しかけてきたのは、小太りの男……小野だった。

「見てねぇよ。つか誰が師匠だ」

俺は顔を顰めてこの一週間言い続けたセリフを言った。

新学期になった途端、小野は俺を師匠と呼び気安く話しかけてくるようになった。

俺の試合を見て感動したとのことだが、それが建前であるのは一目でわかった。

最初、そう呼ばれた時は思わずポカンとしてしまったほどだ。なんという面の皮の厚さだと。

だが、容姿に優れているわけでもなく、勉学運動に秀でているわけでもない小野が、今もこうしてクラスカースト上位に居続けられるのはこの抜け目のなさ故になのかもしれない。

実際、自分側につけてみれば小野はなかなかに使える奴ではあった。

俺がこうして平穏に学校生活を送れている裏には、急激に成り上がった俺に対する妬み嫉みを小野が誘導しコントロールしてくれているという背景があった。

つまり、この男は決して友人ではないが、ビジネスライクな関係を構築できる程度には仲間ではあった。

「うひぃ、ギリギリ間に合った！　おう、みんなおはよう」

高橋が、冬だというのにうっすらと汗を掻きながら教室へと滑り込んでくる。

今日も、野球部の朝練が忙しかったのだろう。

同じグループになってわかったことだが、野球部のエースという奴は並大抵の努力じゃあなれない存在のようだった。

朝も放課後も、時には休日ですら野球漬けの毎日。華やかに見えたのは、精々休み時間くらいで、あとは汗と泥にまみれた生活を送っている。

それが、光り輝いて見えた野球部の天才エース高橋の等身大の姿だった。

高橋が、ニカリと爽やかな笑みを向けてくる。

「おう、マロ。昨日のＴＶ見たぜ。天才高校生冒険者が、新たなカードの可能性を発見！だってよ」

「ちょ、やめてくれよ」

俺はその言葉にカッと頬が熱くなるのを感じた。

最近、どのニュース番組を見ても俺の試合のシーンが一度は流れるのだ。

アムリタを飲ませる前の俺と蓮華のやり取りから蓮華が変身するまでが何度も何度もＴＶで流され、俺はそれを見るたびに憤死するかと思うくらいの羞恥心を毎日味わっていた。

「あはは、そう言うなよ。あの試合、マジで感動したんだぜ？　なんつーの、本当の冒険者とカードの絆って奴？」

高橋がそう言うと、四之宮さんまでもが俺を揶揄ってきた。チェシャ猫のような笑みを浮かべて言う。

「そうそう、恥ずかしがることないって。知ってる？　今、アマチュアの冒険者の中でカードに名付けするのが流行ってるんだってさ」

「私も蓮華ちゃんのファンになっちゃった。今、北川君のウィスパー、凄い勢いでフォロワー増えてるんでしょ？　蓮華ちゃんとメアちゃんのやり取り、私も好きだな」

牛倉さんが言う様に、俺のフォロワー数は凄まじい勢いで伸びつつあった。

あの試合が放送されてから、わずか一週間で三万近く増えている。

そしてそのお目当ては、大体が蓮華だった。

過去のお菓子レビューも掘り起こされ、軽くバズってすらいた。

「ま、これも有名税の一種って奴やな」

ポンと俺の肩を叩く小野の顔は、可笑しくてたまらないというようなニヤニヤ笑いであった。

この野郎、と睨みつけていると、担任が扉を開けて入ってきた。

「おう、お前ら席に着けー、朝のＨＲの時間だぞ」

生徒たちが慌てて席に戻り始める。

一気に慌ただしくなった教室に、俺は何となく周囲を見渡した。

何の変哲もない朝の風景。

その中に、南山の姿はなかった。

大会が終わって、俺を取り巻く環境はがらりと変わった。
それは、大会の優勝によるもの……ではなく。
あの戦いの中で見せた蓮華の変身にあった。
まず、現在の蓮華のステータスをお見せしよう。

【種族】座敷童（蓮華）
【戦闘力】８００（ＭＡＸ！）
【先天技能】
・禍福は糾える縄の如し
・かくれんぼ
・初等回復魔法→中等回復魔法（ＣＨＡＮＧＥ！）
【後天技能】
・零落せし存在→霊格再帰（ＣＨＡＮＧＥ！）：一時的に上位ランクにランクアップできる。一度使用すれば一日から数日のインターバルが必要となる。戦闘力が１００向上する。
・自由奔放
・初等攻撃魔法→中等攻撃魔法（ＣＨＡＮＧＥ！）
・詠唱短縮（ＮＥＷ！）：魔法系スキルの工程を省くことが出来る。熟練度により効果向上。
・魔力回復（ＮＥＷ！）：魔力の回復速度が上がる。

・友情連携
・初等状態異常魔法

――霊格再帰。

それが、蓮華の目覚めた力の正体だった。

一時的とはいえ、上位のモンスターを用意せずともランクアップできるという事実は、世界に衝撃を与えた。

迷宮が現れ、カードの使用方法が判明し二十年。ここ最近は新たな使用方法が発見されることもなく、カードの可能性はおおよそ暴き切ったと思われていたところに、このニュースだ。

しかもそれはＴＶによって全国放送されたのだ。

すぐさまニュースの取材が俺に来たし、国の研究機関が俺にコンタクトを取ってきた。他国の記者からも取材を受けた。

今の世界が、どれほど迷宮とカードによって回っているのかを、実感させられる日々だった。

俺が冒険者になってからあの大会までの経緯を何度も何度も説明させられ、それもＴＶに流された。

そうして世界中で、カードの再研究が行われた結果、霊格再帰の詳細が徐々に明らかになっていった。

まず、霊格再帰を得ることが出来るカードは零落せし存在のスキルを持つカードだけだということ。

次に、霊格再帰の覚醒にはそれぞれのカードによって異なったアイテムが必要になるということ。

最後に、覚醒にはカードの好意と名付けが必要だということ。

特に最後の条件が、霊格再帰の発見が今まで遅れた最大の理由であった。

各国にはカードの研究を専門に行っている機関が数多く存在する。

その中には当然、零落スキルを持つカードに、アムリタのような高価なアイテムを与える実験を行っている場所もあっただろう。

そのカードに関係しそうなものならなんでも与えたところもあったに違いない。

だが、その中にカードに愛情をかけて名付けを行ったところは一つもなかった。

実験の一環として名付けを行ったところは当然あっただろうが、モルモットに愛情を持つ研究者や、実験動物とされて好意を抱くカードは存在しない。

一般人の中には、零落スキルを持つカードに愛情をかけて名付けを行った者もいただろう。

だがそういった者たちは逆に高額なアイテムを実験的に与えると言った資金がない。

俺が偶然発見できたのは、それがアムリタという回復アイテムであったことが大きい。

それにしたって、普通の人は一度ロストさせてからまた座敷童を買って復活させる方法を選ぶだろう。

つまり、霊格再帰のスキルは損得計算が出来ない愚か者だけが見つけ出せるものだったのだ。

これじゃあ、頭の良い学者たちがいくら集まっても見つからないわけである。

多くの零落スキルを持つカードを愛用している冒険者たちが集められた結果、実験は多くの成果を生んだ。

その中で特に大きいとされたのは、Bランクカードの覚醒である。

リリムが〝創世の土〟でリリスへと、ハヌマーンが〝緊箍児〟にて斉天大聖へと、護法童子が〝神便鬼毒酒〟で酒呑童子へと覚醒した。

これは、冒険者業界では天地がひっくり返る様な衝撃であった。

なぜならば、現在Aランクカードは世界で数枚しか確認されておらず、そのすべてが国に管理されていたからだ。

つまり、一般の冒険者が手に入れられる限界がBランクカードであり、そこにようやく一時的とはいえAランクカードが加わったのである。

加えて、これらの実験により用途不明とされていたアイテムの使い道が判明したこともカードの研究を大きく加速させた。

創世の土や緊箍児などは、それまで高ランク迷宮で時折出現するがいまいち使い道のわからないアイテムとして研究所の片隅に転がっていたものだったからだ。

これまでは用途不明としてはした金で売られていたアイテムが再評価され、この数週間大きく市場が揺れ動いたと聞く。

霊格再帰を持つカードたちは、ランク以上の力を持つカードとしてアドヴァンテージカードと呼ばれるようになった。表記としてはC＋、B＋となる。

とは言え、多くの冒険者たちはこのアドヴァンテージカードに冷めた目を送っていた。

霊格再帰のスキルはあくまで一時的なもの。

C＋ランクカードと、Bランクカードを比べると後者の方が当然優れているように見える。

霊格再帰を得るにはアムリタのような高額アイテムが必要なこともあり、それなら高額アイテムを売ってBランクカードを買った方が良いのでは？　というのが多くの冒険者の見方だった。

だが、トップクラスの冒険者たちの意見は違った。アドヴァンテージカードの本来のランクは変わらないという点に目を付けたのだ。

すなわち、ロストした際の復活に掛かるコストの低さである。

高ランク迷宮の最前線では、Cランクカードなど使い捨て、Bランクカードでも低くない確率でロストするという魔境と化しているらしい。

Cランクはともかく、Bランクカードをロストすればトップクラスの冒険者でも大きな痛手だ。

その点、アドヴァンテージカードならばコストは大きく下がる。

主力とはなりえないが、戦場に欠かすことのできないカード。それがトップクラスのアドヴァンテージカードに対する評価であった。

こうしてアドヴァンテージカードは、賛否両論ありつつも大きな反響をもって人々に受け入れられ。

俺はそれをわずかなキャリアで発見した新進気鋭の冒険者として広く知られるようになった。

当然、学校の奴らの俺を見る眼も変わった。

今では、俺は校内においてちょっとした有名人である。

朝、教室の扉を開ければみんなが向こうから挨拶をしてくれる。

四之宮さんらリア充グループと普通に話すようになり、東西コンビとの友情もそのままだ。

人生で初めてラブレター……というかファンレターのようなものも貰ったりもした。

俺は誰もが認めるスクールカーストのトップとなり……そして、南山は転校した。

新学期になると、すでにアイツの姿はなく、担任から淡々と転校したことを連絡された。

それに対するクラスのみんなの反応は淡白なもので、あいつを惜しむ声や陰口すらも聞こえてこなかった。

まるで、初めからあいつがいなかったかのように振る舞うクラスメイト達をみて、俺は複雑な感情を抱かずにはいられなかった。

それは東西コンビも同じようで、俺たちは意図的にアイツの話題を避け続けている。

あの日、なぜ南山はあそこまで俺を憎み、殺そうとしてきたのか。

大会が終わってから考えてみて、一つの答えが出た。

南山は、俺が冒険者となって自分を蹴落とそうとしていると思ったのではないだろうか。

せっかく冒険者になってリア充グループに入れたのに、小野や俺が冒険者となってアイツは内心焦りを感じていたに違いない。

それでも小野に関しては元々リア充グループだったから……と自分を納得させていたのかもしれないが、俺については完全に許容できなかったのだろう。

考えてみれば、俺が冒険者の肩書でリア充グループに入れば、南山の居場所は無くなる。

そうなればどうなるか。リア充グループではなくなり、俺や東西コンビといった元々のグループに戻ることもできず、他に親しい友人もいなかったアイツは孤立したに違いない。

一気に、クラスカースト底辺に都落ちだ。

一心不乱に成り上がりを目指していた時は、そんなことにも思い至らなかった。

かつて一方的に切り捨てた友人が、自分に仕返しに来た、そう南山が考えても不思議ではない。

結果、アイツは大会に出るという形で俺の排除に動いた。

……その結末は、知っての通りだ。

南山のやらかしたことはＴＶには放送されていない。あの日観覧に来ていたお客たちも、試合の様子を撮ることは番組側から禁止されていたため、ＳＮＳなどでも奴の醜態は流れていない。

つまり、このクラスに奴の起こした事件を知る者はいないということだ。

にもかかわらず南山は転校という道を選び、クラスメイト達も初めからいなかったようにふるまっている。

結局のところそれが、俺が絶対のものと信じていたクラスカーストの実態という奴なのだろう。

それに落胆も失望もないのは……自分でも少しだけ不思議だった。


『マロのターン。ドロー！　マロは魔石を8使用し、座敷童を召喚した。座敷童の【禍福は糾える縄の如し】！　プレイヤーは、魔石を2使用することで敵の攻撃を一度無効化するか、回避状態の敵に確実に攻撃を当てることができる！』

『イーストフィールドのターン！　ドロー！　リリスの特殊効果発動！　このカードは毎ターン、魔石を一個消費することでリリムを一体呼び出すことが出来る！　魔石を使用し、リリムJを召喚！　リリスの攻撃！　【禍福は糾える縄の如し】！　無効化されました。リリムAの攻撃！　マロに1のダイレクトダメージ。リリムBの攻撃！　マロに1のダイレクトダメージ。リリムCの攻撃！　マロに1のダイレクトダメージ。リリムDの攻撃！　マロに1のダイレクトダメージ。リリムEの攻撃！　マロに1のダイレクトダメージ。リリムFの攻撃！　マロに1のダイレクトダメージ。リリムGの攻撃！　マロに1のダイレクトダメージ』

『マロのHPが0になりました。イーストフィールドの勝利です』

「ファァアァッッック!!」

俺は画面に表示された『YOU　LOSE』の文字に吠えた。

——土曜日の休日。

俺は東西コンビと久しぶりにゲームセンターへとやってきていた。俺たちがゲーセンに来た時もっぱら遊ぶのは、冒険者をモデルとしたアーケードゲーム『カードマスター』だ。

本職の腕を見せてやるぜと意気込んで対戦を挑んだ俺だったが、先ほどからフルボッコにされていた。

これで六連敗である。

コ……コイツ、恐ろしく強くなってやがる。いつの間に、リリスなんてレアカードを……。

トレーディングカードショップでも滅多に入荷されないレア中のレアカードだぞ！

「ハッハッハ、現役冒険者に勝ってしまったぜ。自分の才能が恐ろしい」

ゲーム筐体の向こうから、得意満面の東野がやってくる。その顔は、憎たらしいほどにドヤ顔だ。

ぐぬぬぬぬ……。

「相変わらずマロは対戦系のゲーム弱いなぁ。よくそれで大会を優勝できたもんだよ」

西田が呆れたように言う。

「うるせー！」

「マロはデッキを浪漫に傾け過ぎなんだって。そんなんじゃガチデッキに負けるに決まってんじゃーん」

ウケケケケと笑う東野。

「ウググググ！　もう一回だ、もう一回！」

「いや、負けた奴が抜けるルールだろ。次は俺と西田だって」

「そうそう、負け犬はさっさとどきな」

「いやだぁぁ！　譲りたくない、譲りたくなぁぁい！」

「しょ、小学生かよ……」

引きずり降ろされるように椅子からどかされ、西田と東野の対戦が始まる。

東野負けろ。東野負けろ。東野負けろ。と祈りながら東野の後ろから観戦していると。

「なぁ、せっかくリア充グループに入れたのに、こうやって俺らと遊んでていいのか？」

ポツリ、と東野が言った。

「あん？」

「せっかくの休日なのに、四之宮さんとかと遊びに行かなくていいのかなーってさ」

「誘ってきたのはお前らだろうが」

「いや、そうなんだけどさ」

と東野は小さく苦笑し……。

「リア充グループになるために冒険者にまでなったのに、いいのかと思ってさ」

「……な、何を言ってるんだい、東野君。ボクは将来プロになるためにだねぇ」

「いや、そういう建前とかいいから」

動揺しながら誤魔化そうとする俺をバッサリ切る東野。

「高校入ってから毎日ツルんできたんだぜ？　お前の考えてることぐらいすぐわかるっての。

南山の奴が冒険者になった途端、急にバイト始めちゃってさ。バレバレ過ぎて吹いたわ。言っとくけど、小野にばらされる前に俺らは知ってたんだぜ」

「……そうか」

そりゃ、バレるよな、と苦笑した。

やっぱ、あのときはわざと知らないフリしてたのか。俺が冒険者なのを隠してたことを謝ろうとしたら、わざとらしく話を逸らしてきたからな。なんとなくそうじゃないかと思っていた。

そんなこと、謝る様な事じゃない。友達なのだから。

敢えて言葉にするなら……そういうことなのだろう。

「でさ、ぶっちゃけマロが冒険者になりたかったのってリア充グループに入って牛倉さんとお近づきになるためだろ？」

「ぶっ！」

「ハハ、やっぱそうか」

「いやいや、そんなことは。……ちなみに、どうしてそう思ったかお伺いしても？」

「いや、わからいでか。お前、筋金入りのおっぱい星人じゃん。牛倉さん、学年どころか学校で一番デカイ説あるし。まあ最近はロリコン説もあるけど」

「いや、別におっぱいだけ好きになったわけじゃないから！　あとロリコンもない。つか誰だ、それ言ってるやつ」

「ええ、ホントでござるかぁ？　ぶっちゃけあの試合の動画見てると、蓮華ちゃんとデキてるようにしか見えないでござるよ？」

「いや、ないから。女神モードなら全然ありだけど」

「女神モードだと、恋人どころかただの信者にしか見えねーから。まあそれはそれとして、話を戻すけど。せっかく冒険者になって、大会で優勝して、人気者になったのに牛倉さんにアタックしなくていいの？　って話だよ」

「…………………」

「もし、さ。俺らに遠慮してんなら別にいいんだぜ？　南山の時は、俺らもちょっと失敗したけどさ、お前なら……」

「バーカ」

軽く東野の頭を殴る。

「イテ」

「いいんだよ。俺はこうしてお前らとツルんでるほうが気楽なんだから」

「マロ……へへ、なんだよ、お前ホモかよ～」

「殺すぞ！」

もう一発東野を殴りながら、俺は内心で謝った。

ごめん、東野……。

実は俺、もう牛倉さんにアタック掛けてフラれた後なんだ……(･ω･)

あの後、試合が終わってすぐ、俺は牛倉さんのラインへとアタックをかけた。

クリスマス、俺と一緒に過ごしてくれませんか？　という奴だ。

その返信はこうだった。

『え、ごめんなさい。クリスマスは楓《かえで》ちゃんと遊ぶから。その、急に言われても予定入ってるし……』

残念でもないし、当然の話であった。

むしろなんでイケると思ったのか、小一時間あの時の俺を問い詰めたい気分だ。

おかげで、教室で顔を合わせるたびに気まずい気まずい。

ああああ、なんであの時ライン送っちゃったんだろう。大して親しくもない奴がクラスのライングループから急に個別ライン送ってくるのもキモイし、クリスマスの前日に誘いをかけてくるのも非常識過ぎてヒく。きっと大会の優勝でハイになったせいだ。

マジで過去に戻れるならあの時に戻りてぇ……！

幸いなのは、牛倉さんがこのことを誰にも言いふらさなかったことか。

おかげで、俺はクラスのみんなに『大会で優勝した途端に勘違いしちゃった君』と笑われずに済んでいる。

牛倉さん、あなたは本当の天使です。これからはその見てるだけで幸せになるおっぱいを、遠目に見るだけで満足することにします。

………まあ、結局のところ。

俺は冒険者となってクラスカーストでは上位となったが、夢であったリア充にはなれなかった、ということなのだろう。

　みんなに評価されることと、好きな女の子を振り向かせることとは、似て非なることなのだとようやく学んだのである。

「あー、負けたー！　東野の増殖デッキ、ちょっと反則過ぎじゃね？　リリスとエキドナは反則でしょ」

　俺同様、東野に敗北した西田がやってくる。

「そろそろダレてきたよな。次どこいく？　カラオケかボウリングでも行くか」

　東野がそう背伸びしながら言う。

「お、いいね。つか、なんなら今日は徹夜で遊ぶか。誰かの家で泊まってさ」

　俺がそう言うと、二人も目を輝かせた。

「お、マロ今日は乗り気じゃん！」

「じゃあ街で遊び終わったらウチ来いよ。ドンキでお菓子とジュース買ってさ」

　そんな風に盛り上がりかけたその時、俺のスマホが震えた。ちらりと見ると、そこにはラインの着信が表示されていた。

　その文面に、俺の心臓が高鳴る。

　これは、いや、しかし、今東野たちと遊んでいる最中で……。

　俺の中の天秤に、二つの重りが乗せられる。片方に乗るのは東西コンビ。もう片方に乗るのは、ラインの送り主。

天秤に重りを乗せた瞬間――――後者がガクリと沈んだ。

すまん、東野、西田。

「すまん！　俺、やっぱここで抜けるわ！」

「はぁ!?」

「突然なにごと!?」

「いや、へへへ、ちょっと四之宮さんから呼ばれちゃってさ」

俺はそう言ってラインの文面を見せた。

『今、ウチの女友達四人でカラオケしてるんだけど、来る？　ＰＳ、静歌《しずか》もいるよ（笑）』

東西コンビはその文面を見てあんぐりと口を開けた後。

「ふ、ふ、ふ、ふっざけんじゃねぇぞ！」

「ぶっ殺すぞ、オラァ！」

鬼の形相となって拳を振り上げた。

「ちょ、タンマタンマ！」

「うるせぇ、この裏切りモンがぁ！」

「つか俺らも誘えや！　なにさらっと自分だけ抜け出してハーレム作ろうとしてんだ！」

「冒険者になったからって調子こいてんじゃねーぞ！」

うおおお、なんて殺気だ！

ハーメルンの笛吹き男以上の圧力！

に、逃げねば！　俺は慌ててゲーセンを飛び出した。

「待てコラ！」

「ボコボコにして女子の前に出られない面にしてやるよ！」

――悪鬼と化した友人たちから逃げながら、俺はふと思った。

俺の人生で最も濃厚であったこの激動の数ヶ月。その中心にいたのは、実は俺ではなく蓮華だったのかもしれない、と。

俺が一発で蓮華たちを引き当てたのも。

ハーメルンの笛吹き男と遭遇したのも。

アムリタを手に入れたのも。

小野に冒険者バレして大会に出ることになったのすら。

すべては蓮華が本来の力を取り戻すための流れだったのかもしれない。

だとすれば、俺が大会に優勝してクラスのみんなに認められたのも、蓮華の幸運の御裾分けみたいなものだったのだろう。

しかし……この一連の流れすら蓮華を取り巻く大きな流れのほんの一部だとしたら。

これから先どんな幸運と災難が俺を待っているのだろうか。

……なんてな。さすがに考え過ぎか。

ただ一つ確かなのは、俺がこれからも冒険者をやっていくということだけだ。

クラスカーストでの成り上がりを目指す中で、俺の情熱は気づかぬ間に冒険者の方へと移っていたのだろう。

故に、クラスカーストの実態を知っても落胆はなかったのだ。

もはや、クラスカーストもリア充もどうでもいい。

蓮華やカードたち一緒に迷宮を冒険していく。

その方が、よっぽど面白くやりがいがあると……知ってしまったのだから。

…………あ、いや、やっぱ、リア充にはなりたい、かな?

おっぱいの大きくて可愛い彼女が……欲しいです。

「オラ、隠れてないで出てこいよ！」

「真っ裸に剥いてラインで流してやる！」

うおお、ヤベェ！　現実逃避してる場合じゃなかった。アイツらは本気だ。このままじゃ社会的に死亡する！

街全体を舞台とした俺たちの鬼ごっこは、結局翌日の朝まで続いたのだった。

【Tips】蓮華

カードの中には、迷宮の外であっても周囲に影響を及ぼす力を持つものが存在する。それらは“呪いのカード”とも呼ばれ、逆にマスターを操ってしまうものすらいる。

蓮華は、そういった呪いのカードの一つである。

座敷童のスキル【禍福は糾える縄の如し】は、いわば一種の運命操作の力を持つ。

相性の悪いマスターにカード化されてしまった蓮華は、自ら閉じられた心のスキルを発現させることで自分を手放させるよう仕向けた。ギルドに売られた蓮華はそこで相性の良いマスターが自分を手に入れるのを待つことにした。カードパックへと入れられたのも、お金を持っていなくとも相性の良いマスターが自分を手に入れられるようにである。

同じパックの中には、これまた自分と相性の良いカードたちが入れられた。歌麿が脅威の引きを見せたのも、自らの運によるものではなく蓮華による運命操作によるものである。

だが、無理な運命操作は因果律に歪を生み、それがハーメルンの笛吹き男というイレギュラーエンカウントに繋がった。しかしそれも乗り越えたことにより、不運は幸運へと転換された。

その幸運は、アムリタというキーアイテムの入手と、そしてそれを使わせるための舞台作りへと変換される。結果、蓮華は霊格再帰のスキルを取り戻すに至った。

これらはすべて無意識のうちに行われており、蓮華は自分の特性に一切気づいていない。

むしろ歌麿のことを「なんて浮き沈みの激しい奴だ。アタシがついてないと、すぐ死ぬなコイツ。しょうがねぇ奴だ」とすら思っている。

なお……余談ではあるが、電車の中でウンコを漏らす呪いはバッチリ効いた。

閑話1　バレンタインデー

2月14日、バレンタインデー。

それは、非モテ男子たちにとって、クリスマスに並ぶ悪夢の日。

男としての魅力が、チョコの数というダイレクトな数字となって表されてしまう日。

唯一の幸いは、最低値がゼロであり、マイナスがないことか。

スーパーには一カ月以上前からバレンタインデー用のチョコが並び、ちょっと甘いものが食べたいなとチョコを買うだけで、レジの女の人から「あ、この人バレンタインデー用の偽装に自分でチョコ買ってる」と思われてしまう（被害妄想）。

同じ教室の中で、人生でチョコを一つも貰ったことがないものがいる一方で、その反対側では食いきれないほどのチョコを貰っている者もいる。そんなこの世の不条理を現したかのような光景を、俺は毎年のように見てきた。

無論、俺はもらえない側の人間である。

そんな、普通に学校に行くだけで正気度が削れていくような悪夢の日が、今年もやってきた。

『今日はバレンタインデー。コンビニなどではバレンタインデー用のチョコをたくさん並べています。学校に行く途中でチョコを買っていく女性の姿もチラホラ見えますねー』

「……チッ」

俺は、ＴＶのニュースを見て小さく舌打ちをした。

朝から不快な思いをさせやがって。

何がバレンタインデーだ。チョコ会社の流した嘘に騙されやがって。海外じゃあ、バレンタインデーは男性が女性に感謝の気持ちを送る日なんだぞ。

それを、告白イベントに変えやがって。非モテにとっちゃあこんな酷薄なイベントはないぜ。

……はぁ、学校行きたくねぇ。

「おに～ちゃん」

ため息をついていると、ニンマリと笑みを浮かべた妹が近づいてきた。

「はいっ、バレンタインデーのチョコ」

「おお、ありがとう！」

こうして毎年愛がくれるチョコが、俺が貰える唯一のチョコである。しかも結構手の込んだ手作り。

このチョコのおかげで、正真正銘ゼロ個のクラスメイト達にちょっとだけマウントを取ることが出来るのだ。ロリコンの西田なんかは、このチョコに平気で一万円位出そうとするだろう。

俺が礼を言いながらチョコを受け取ろうとすると、サッと愛が手を引っ込めた。

「……なんだ？」

「私、誕生日プレゼントに欲しい物があるんだぁ」

甘えるような上目遣いをする愛に、俺は来たか、と身構えた。

これが、このバレンタインデーチョコの対価だった。

愛の誕生日は3月14日。ホワイトデーなのだ。

この俺の妹とは思えないほど愛らしい少女は、いろんな男の子にチョコを配っては、誕生日プレゼントという名目でいろんな貢物を受け取っているらしい。

ホワイトデーのお返しとなると気恥ずかしさがあって返礼が出来ない男子たちも、誕生日という名目があればお礼が出来る。

まったく、男に貢がせるために生まれてきたような存在だった。今から将来が恐ろしい。

俺はため息を吐くと言った。

「去年は、ゲームのソフトだったっけ？　今年はなんだよ」

「えへへ～、これ！　これが欲しいなぁ～なんて」

「どれどれ？　……ブッ！」

愛が広げた雑誌のページを見て、俺は吹き出した。

それは、ティファニーのネックレス特集だった。どの商品も十万円を超えている。

「おまっ、さすがにこれはねーだろ！」

小学生が持つモンじゃねーぞ！

「え～、お兄ちゃん今お金持ちじゃん」

「そういう問題じゃないし、入った分カード代で消えてんだよ！　つか、ガキがこんなんもってどうすんだ」

「もちろん、クラスのみんなに自慢するんだ！　ウチのお兄ちゃんはこんな高いのでもすぐ買ってくれるんだよ～って」

「はぁ……」

思わずため息が出る。まったく、この思考回路、完全に俺の妹だぜ。見た目が似ていないと言われる俺たちだったが、こういうところでは血の繋がりを感じずにいられなかった。婚約指輪に給料三か月分どころか年収分を要求したという母親の血である。

「いくらなんでも無理。さすがに危険すぎるわ」

金額以上に、子供がこんなものを見せびらかすという危険性が問題だった。

クラスメイト全員が理性的なわけじゃあないだろう。必ず盗んだりする奴が出てくる。場合によっては教師ですらあり得るだろう。体育の時間、水泳の時間、いくらでも盗むチャンスはある。

なにより、ガキの内から――兄からとはいえ――男からのプレゼントを見せびらかすなんて、健全じゃない。

贈り物の価値は値段じゃないとちゃんと教えてやらねば愛の将来は『嬢』まっしぐらだ。

俺はかつて蓮華たちレアカードをクラスメイト達に見せびらかそうとしていたことを棚に上げ、妹を説教した。

すると愛はぷく～と頬を膨らませ。

「む～、じゃあファンタジーランドジャパン行きたい！　アオイちゃんとかミオちゃんとか～

「仲の良い子全員で連れてってて？」

「む」

そう来たか。ティファニーのネックレスに比べて大分子供らしい。もっとも、値段はあまり変わらなそうだが。

ファンタジーランドジャパンとは、実際にモンスターたちと戯れることができるのが売りの遊園地である。ダンジョンマートのグループ会社で、かの鼠の王国を差し置いて現在国内一位となっているほどの巨大テーマパークだ。通称、ＦＬＪ。

ユニコーンに乗れるメリーゴーランド、本物のレイスやヴァンパイア、フランケンシュタインが出るお化け屋敷、マーメイドたちの歌と踊りのプールショー、シルキーやドラゴンメイドたちによるメイド喫茶、サキュバスによるマッサージ店（健全）に、ウィッチと箒に二人乗りして襲い掛かるドラゴンから逃げ回るジェットコースター、冒険者を体験できる巨大迷路などなど。

まさに幻想と夢の国となっている。さまざまなモンスターたちによる夜のパレードは、それだけを見に来る客もいるくらいだ。

ちなみに、例の遊園地と違ってちゃんと東京にある。

そのため、連れていくこと自体は問題ないのだが……。

「仲の良い子全員ってどれくらいだよ？」

「えーとぉ……20人くらい？」

「多い多い多い！　お前のグループ何人くらいだよ！」

普通四～五人くらいだろ！　クラスの半分以上じゃねぇか！

「私、女子とはみんな仲良しだし、男子とも友達多いからこんなもんだよ」

コミュ力お化けかよ。いくら小学生とは言え、俺が愛くらいの年だった時はもっと男女の垣根があったぞ。

逆に選ばれなかった残りの人たちはなんなんだ、ってレベルだ。

「もっと減らしてくれ」

「ん？、じゃあ私入れて五人くらいかなぁ。それ以上は無理。友情が壊れちゃう」

五人か。一日パスポートで五万円。……まあ、出せない額じゃないな。思い出を買ってやると思えば惜しくはないか。

「しょうがねぇなぁ」

「やった！　お兄ちゃん大好き！」

「随分都合の良い大好きだな」

俺は苦笑しながら抱き着いてくる愛を受け止めた。

……最初に大きな要求をして徐々にハードルを下げていく手法をドア・イン・ザ・フェイスという。

愛が、このテクニックを使ってきていたということに気付いたのは、家を出てからのことだった。

……まさか、愛が心理学のテクニックを使ってくるとはなぁ。

登校中、俺は妹の成長ぶりに複雑な思いを隠せなかった。

いや、ドア・イン・ザ・フェイスは交渉術の初歩だ。誰だって無意識に使っている。それを考えれば不思議じゃないか。俺だってガキの頃、最初にゲーム機ねだって、最終的にソフトを買ってもらってたっけ。

そんなこと考えていると、前方に東西コンビの姿を見かけた。

「おっす、おはよう！」

「……マロか」

「おはよ……」

俺の挨拶に、二人はどんよりとした目を向けてきた。

「いや、暗すぎだろ。気持ちはわかるけど」

そう言うと、二人はカッと目を見開いた。

「いや、今のマロに俺らの気持ちはわからないね！」

「ああ、天才冒険者様はさぞやチョコを貰うんでしょうねぇ！」

「あのなぁ……」

俺は頭を押さえながら言った。

「言っておくが、俺は確かに今ちょっとした有名人だよ。学校内に限るけどな。だがそれとリア充はイコールじゃない」

あん？　と疑問符を浮かべる二人に俺は簡単に説明してやった。

「思い出してみろ。南山の奴はカーストトップに入ったが……彼女は出来たか？」

「む……たしかに」

「そうか。クラス内の力関係と、モテるのは別の話か」

「わかったようだな……」

俺は微かな自嘲を浮かべた。俺も、それに気づかずこの一年随分とから回ってしまった。最初からそれに気づいて牛倉さんにアタックしていたらもしかしたらクリスマスも……いや、それはないか。

自分に何の自信もなかった頃の俺がアタックしても彼女は振り向いてくれなかっただろう。それに、クラスの連中にも身の程知らずと攻撃を受けたはずだ。

なかなか人生ってのは難しいな。

「でもよぉ、やっぱマロは俺らとは違うぜ。だって、少なくとも愛ちゃんからは貰ってるんだろ？」

西田が恨めしそうに俺を見る。

「まぁな……でもその対価は、今年はデカくついたぜ」

「愛ちゃんのおねだりなら可愛いもんじゃん。俺ならなんでも聞いちゃうね」

「それが愛の友達数人をＦＬＪに連れていくことでもか？」

「うっ……ファンタジーランドか、そりゃキツイな」

東野が苦笑を浮かべる。ところが、西田は険しい顔を浮かべた。

「おい、愛ちゃんの友達数人って言ったか？」

「あ、ああ」

「それって当然、女の子だよな？」

「…………………だから？」

話のオチが読めた俺は、半目で西田を睨んだ。

「だから？　じゃねーよ！　ロリたちと遊園地だぁ!?　どんなハーレムだよ！　お返しどころかそれがご褒美じゃねーか！」

「お前と一緒にすんな！　俺は巨乳派なんだよ！」

「嘘つけ！　知ってんだぞ、実はお前が隠れロリコンだってことはな！」

「え、マジ？　そうだったの？」

西田のとんでもないレッテルに、東野が驚いた顔で俺を見る。俺は慌てて否定した。

「ちょ、ちげぇよ！」

「嘘だ！　じゃあ蓮華さまとメアさまのことはどう説明するつもりだ？　ええ？　あんな極上のロリたちをハーレムに入れておいてよぉ」

こいつ、蓮華たちを様づけで呼んでたのか……ってそんなことより。

「俺のパーティーはロリだけじゃなくお姉さん系とか動物もいるだろうが。あと、ハーレムじゃねぇから……」

後半だけはちょっと語尾が弱くなる。

俺がいくら主張しようとうちのパーティーはハーレム状態だし、俺も若干それを意識して仲間を入れていたからだ。

……やっぱ、女の子モンスターだけのパーティーって男の夢だよね？

それがわかっているのか、二人の眼も冷たい。

「つか、一度でいいから蓮華様とメア様に会わせてくれよー」

「俺もイライザさんとか鬼人のお姉さんのお姉さんに会ってみたいな」

ロリコンの西田に加えてお姉さんフェチの東野までそう言ってくる。

「まず冒険者になってくれ、迷宮じゃないと会えないんだからな」

俺がそう言うと、西田がニヤリと笑った。

「い〜や、そうでもない。カードと会えるのは迷宮だけじゃないだろ？」

「あん？」

西田の言葉に眉を上げる。

迷宮以外でカードを使用する方法なんて、専用の魔道具を使うしかない。そしてそういった社会的混乱を巻き起こしかねないものはすべて国が管理している。

つまり、迷宮以外ではモンスターとは会えな……まさか！

「気づいたようだな。そう、ＦＬＪならモンスターを呼び出して連れ歩くことが出来るのだよ！」

「く、そう来たか」

ＦＬＪでは、カードからモンスターを呼び出すことが許可されている。むしろ、推奨されている。ＦＬＪのコンセプトが、モンスターと触れ合える国であり、客の連れているモンスターも客寄せに使えるからだ。

その代わりマスターは特殊な腕輪をつけることを強制される。モンスターが他人に危害を加えられなくなる魔道具だ。正確に言うと、モンスターが他人に与えたダメージが、すべて自分のマスターに向かってしまうという魔道具。こうすることによって、マスターに危害を加えられないカードは、自動的に他者に攻撃できなくなるという仕組みである。

ここまでくれば、西田の言いたいこともわかってくる。

「マロ……いや歌麿様！　俺も、一緒にＦＬＪに連れてってください！」

「え？　駄目だよ？」

俺は即答した。何言ってんでしょうね、この豚さんは。

「そう言わずに！　なんなら愛ちゃんの友達の分のチケット代、俺が半分出すから！」

「たとえ全額出すとしてもお前を女子小学生の近くには寄せねーよ？」

と、そこで思わぬ援軍が西田に現れた。

「まぁまぁ、そう言わずに、俺らもＦＬＪに連れてってくれよ。ちゃんと自分の分は出すからさ」

「東野、お前もかよ」

「俺もイライザさんに会ってみたいんだよぉ」

「言っとくけど、イライザはお前の期待する包容力のあるお姉さんじゃねぇぞ？」

「いや、単純に見た目が好み」

「なんにせよ、無理なもんは無理。つか、妹たちになんて説明するわけ？　あっちは子供同士で遊びたいと思ってるのにそこに高校生が混じるのはどうなのよ。俺だって、引率程度で、あんまりでしゃばるつもりはないぞ」

「そう言わずにさぁ、俺たちはマロのカードを一目生で見てみたいんだって！」

「蓮華様たちは俺たちが接待してさ、マロはロリたちの引率って感じでどうよ」

「しつけぇな〜」

俺が突っぱね続けていると、東西コンビは俺をおだてる方向にチェンジし始めた。

「大会にも優勝した天才冒険者の自慢のカードが見てみたいな〜」

「よっ、未来の億万長者！」

「マロのちょっといいとこ見てみたい〜」

「ヘイヘイヘイ！」

あからさまにヨイショしてくる二人だったが、学校に近づいていくにつれ口数が減っていった。なぜならば……。

「おはよ、マロくん。はいこれ、チョコ」

「あ、ああ……ありがと」

「あたしもー。お返し、期待してるから！」

「はは……なんか考えとくわ」

すれ違ったクラスの女子たちが、小さなチョコを渡してきたからだ。どれも手作りか高そうな奴である。

な、なんだこれは……。人生で初めての現象に戸惑いが隠せない。

いや、理由はわかっている。言葉通り、お返しを期待しているのだろう。学生の収入をはるかに超えている俺にとりあえずチョコを投資しておこうというつもりなのだ。

だが、これは……。チラリと友人たちの様子を窺う。

「……マロにはチョコを渡して俺らには挨拶すらしないってどういうこと？　義理チョコはおろか義理の挨拶すらないの？」

「落ち着け、ＦＬＪに行くまでの我慢だ……。それが終わったら、冒険者と言えど迷宮の外では無力……」

二人は今にも人を殺せそうな目でブツブツと呟いている。

目の前で自分と同格だったはずの友人がチョコを貰い続けているのだから無理もない。

逆の立場ならオレもそうなるだろう。

それでも二人はＦＬＪに連れて行ってもらうためか、怨念を内に抑え込んでいた。

「うお！」

昇降口について、ロッカーを開けた俺は中にいくつも入ったチョコやクッキーを見て驚きの声を上げた。

十個近く入っている。どれも違うクラスや学年の娘のもののようだ。

恋愛感情というよりは、ファン的なもののようで、俺へではなく蓮華たちへのものもかなり混じっている。

だが、靴箱を開けたらそこにプレゼントという漫画みたいなシチュエーションにちょっとテンションが上がった。

『……………………』

一方、東西コンビは憎しみで人を殺せたらという眼をしていた。

もはや完全に無言で無表情なのが余計怖い。

そこへ……。

「あれ、マロじゃん」

「おはよ、北川君」

「あ、おはよう」

四之宮さんと牛倉さんら我がクラスの二大美少女が現れた。

『お、おはようございます！』

なぜか敬語でビシッと挨拶する東西コンビを、四之宮さんは「なんだ、こいつら」という眼で見てスルーすると、俺のロッカーを覗き込んだ。中身を見てニヤ〜と意地悪く笑う。

「へぇ……マロのくせにモテモテじゃーん」

「え？　そうなの？　わ、確かにチョコで一杯！」

四之宮さんが俺の脇を肘で突き、牛倉さんが眼を丸くする。

「いやぁモテてるっていうより、応援的なあれだよ。蓮華たちへのも混じってるし」

俺はなぜか慌てながら二人へと言い訳をしていた。

「ふぅん？　ま、いいや。はい、これ」

「え？」

俺は四之宮さんから渡された可愛くラッピングした袋を見た。

「あ、私も」

さらには牛倉さんからも追加される。

「…………………………」

こ、これは一体なんだ？　まさか、爆弾……ってんなわけねぇ。ならば毒？　……ま、まさか、チョコ、じゃない、よな？

手が震えてきた。こんなことがあっていいのか？

俺に、二人がチョコ？　え？　冒険者ってこんなすごいの？　ヤバくない？

挙動不審となる俺に、四之宮さんが笑う。

「ホワイトデー、気合入れといてよね」

「あはは、私はあんまり気にしなくていいから」

そうして二人は教室へと向かってしまった。

俺はしばし、あり得ない出来ごとにその場に立ちすくんでいたが。

「──よぉ、マロ」

「言い残すことはあるか？　ああ、残念ながらそれを喰う時間は与えないぜ？」

ポンと、二人の修羅の手が俺の肩に乗せられる。

軽く置かれただけのその手は、なぜか凄まじい重力を纏っていた。

振り返り、二人の眼を見て確信する。これは……ヤバイ。

なにがヤバイって、俺が二人の立場なら絶対に手加減しないというのがヤバイ。

俺たちは互いに弱みを知り合っている。

もし、俺の秘密をバラされたら……明日から俺は女子にゴキブリを見る眼で見られるだろう。

そうなった場合、俺も二人の秘密を暴露するだろうが……今の二人の眼はそれをも覚悟した者の眼だった。

このままでは、コイツラの自爆テロに抹殺される！

どうすればいい？　どうすればコイツラの嫉妬を解消できる？

……………………やむを得ない、か。

俺は笑みを浮かべると、言った。

「遊園地……行きたくねーか？　奢るぜ」

【Tips】ファンタジーランドジャパン

ダンジョンマートが経営している新時代のテーマパーク。本物のカードと触れ合えるのが売り。冒険者は他人に危害を加えられなくなる特殊な魔道具を身に着けることで、自分のモンスターを自由に連れ歩ける。

ユニコーンに乗れるメリーゴーランド。本物のアンデッドによるお化け屋敷。マーメイドたちの歌と踊りのプールショー。様々な妖精種、精霊種たちによるナイトパレードなどが人気。

サキュバスのマッサージ店は、健全なサービスしか提供してくれないが、一部お金持ち用の会員制裏コースがあるという噂……。

閑話２　逃れられぬ……税金からはな！

バレンタインデーの翌日。

俺は自宅のリビングで昨日の戦利品を見ていた。

テーブルの上には、大量のバレンタインデーチョコが乗っている。

その数は、十や二十では利かないだろう。

まさか、俺がこんなにチョコを貰う日が来るとは……今でも信じられん。

……その全部が、義理チョコというのが悲しい所だが。

と、その時、テーブルの脇からにゅっと影が飛び出した。

でっぷりと太ったラブラドールレトリバー。愛犬のマルだ。

マルはふんふんと鼻を鳴らしながら、テーブルの上のチョコに顔を突っ込もうとし。

「はい、ダメダメ！」

そこで俺は慌ててマルの鼻を押し戻した。

チョコを犬に食べさせてはいけないというのは、犬を飼っている家庭では常識である。

そのためウチも当然マルにチョコだけは絶対与えないように注意しているのだが、それをこの馬鹿犬は何を思ったのか、チョコを見ると何が何でも食おうとするようになってしまった。

おそらく、「ご主人様たちが独り占めしているあの食べ物は、きっと自分には食べさせたくないほど美味しいに違いない！」とでも思っているのだろう。

そのため、この馬鹿犬はチョコを一度も食べたことがないのにチョコが大好きというよくわからないことになってしまっていた。

……自殺志願者かな？

俺がチョコを奪おうとするマルと格闘していると、

「おはよう、そんなところで何してるんだ？」

二階から親父が降りてきた。テーブルの上のチョコの山を見て、眼を丸くする。

「おお、これはチョコか？　もしかして、バレンタインデーか？」

「ああ、うん、まあ」

「お前、モテモテじゃないか！　俺の息子がこんなにモテるなんてなぁ。俺が学生の頃なんか全然だったぞ。生まれる時代を間違えたか？」

ニヤニヤと笑いながら言う親父に、俺は顔を顰めた。

「別にモテてるわけじゃないって。面白半分と、応援って感じ。あと、俺らの顔がモテる時代は、過去にも未来にも存在しない」

親父の顔は、俺と同じ特徴のないモブ顔である。

違いと言えば、綺麗な二重瞼で優し気な瞳をしていることか。それ以外は俺のまんま三十年後の姿だった。俺は、完全に親父似なのだ。

「そうか……大丈夫、男は顔じゃない。金と性格だぞ。母さんは俺の収入とこき使いやすそうな性格で俺を選んだんだからな」

なんとも悲しいことを、胸を張って言う親父に、俺はなんて言っていいかわからなかった。

ちなみにお袋は息子の俺が言うのもなんだがかなりの美人である。

親父とは十年近く年が離れている上に歳の割にかなり若く見える為、親父と並ぶと夫婦というよりは親子にすら見えるほどだ。

親父はこの幼な妻に結婚十数年経った今でもゾッコンで、見事に尻に敷かれているのである。

……お小遣いが月一万円でも何の文句も言わないほどに。

なお、愛は完全に母親似で、目元だけ親父に似ている。

両親の優れた部位が集まったのが、愛。両親の平凡なパーツが集まったのが、俺だ。

近所の心無いババアどもは、お兄ちゃんがいらないパーツ先に持って行ってくれてよかったね、などと平然と言いやがる。

もし俺が兄ではなく弟だったら、出涸らしと呼ばれていたことだろう。

「……ところで、歌麿。お前の仕事の件なんだが」

親父が急に真面目な顔になったので、俺はちょっと身構えた。

うちの両親は、危険と隣り合わせの冒険者業に良い顔をしておらず、事あるごとに引退を勧めてくるのである。

そんな俺を見て、親父が苦笑する。

「ああ、そんなに身構えなくていい。大会のこととか、お前の最近の頑張りを見て、ちょっと見守ろうって話になったんだ。まあ、怪我とかしたら即辞めさせるがな」

「そ、そうなのか……」

「うん、どうやら頼りになる仲間もいるみたいだしな。で、だ。ここからが本題なんだが……」

「う、うん……」

いつになく真剣な親父に、椅子に座り直す。

「……お前、確定申告は大丈夫なのか？」

「……………………はい？」


親父の言葉に、俺は首を傾げることしかできなかった。

冒険者は、れっきとした職業の一つである。

迷宮へと潜り、そこから手に入れたものを売ることで収入を得ることが基本となり、分類としては第一次産業となる。

モンコロなどの試合をメインで食っていく者たちは、第三次産業扱いだが、基本は迷宮に潜って資源を採取してくるのが仕事だ。

収入がある以上、そこには当然税金が発生する。

税金……学生のうちはピンとこない言葉だ。

アルバイトなどで金を稼いだとしても、大抵はバイト先が勝手に年末調整とやらをやってくれるため、税金を払っているという感覚はあまりない。

だが、誰にも雇用されていない冒険者となると話は違ってくる。

なぜならば、冒険者は自営業だからだ。

自分で計算し、税務署に確定申告する必要がある。確定申告には白色と青色があるらしく、冒険者は後者となる（白色でも可能らしいが、その場合、赤字の繰り越しができないため青色が推奨される）。俺は気づかなかったが、冒険者になる際に提出した書類の中に、この青色申告諸々の書類が含まれていたらしい。

もしこの確定申告をしなかった場合……地獄を見る羽目になる。

税金の基本は、所得に掛けられる。所得とは、収入から経費と控除を引いた額となる。

ところが、確定申告をしなかった場合、税務署は単純に昨年の収入に対して税金をかけてくる。

例えば、俺の場合は去年一千万円近い収入があった。

ではそのうちいくら手元に残ったのかと言えば、ほぼゼロだ。

カードや魔道具を買ったり、魔道具のカード化などをした結果、すべて吹っ飛んでいってしまったためである。

これらは、冒険……つまり仕事に必要なモノのため、当然経費として認められる。

いくら収入があっても所得はゼロに近いので税金は払わなくてよいですよ、となるわけだ。

だが確定申告をせずに経費を証明できないと、収入＝所得と見なされ収入に丸々税金がかかることになる。

九百万円以上の所得に掛かる税金は、なんと33%……。計算するのも恐ろしい額の税金を払わなくてはいけなくなる。

毎年この確定申告をよく理解せずにすっぽかす学生冒険者が、税務署の恐怖の訪問を受けるということが繰り返されているらしい。

よって、冒険者は必ず確定申告をする必要があるのである。

確定申告には領収書が必要と知って一瞬焦ったが、財布の中に大量のレシートを入れっぱなしにしていて、助かった。

俺はよく貰ったレシートをとりあえず財布に入れてパンパンにしてしまう悪癖があるのだが、それが功を奏した形となった。

以下が、親父の説明の元作成した確定申告の概略である。


【2019年度のリザルト】（一万円未満は計算せず）
・冒険者収入987万円（魔石等売却額）－経費（情報料29万、カード購入費960万（エンプーサ860万＋カードパック100万）、魔道具のカード化費用100万、冒険者用品代5万、交通費1万、雑費2万）＝0円
・アルバイト代（源泉徴収済み）－控除103万円（基礎控除額38万＋給与所得控除65万円）＝ゼロ円

……とりあえず、今年は税金納めずに済むのか。

俺はホッと一息ついた。

冒険者の経費の範囲が広くて助かった。

ちなみに、俺が去年手に入れたもので最も高額なのはヴァンパイアのカードだが、これに税金はかかっていない。

テレビや懸賞などで当たった賞品は、ある一定の金額を超えると税金がかかってしまうのだが、カードに限っては取得するだけでは税金がかからない仕組みとなっている。

これは、冒険者にとってカードが漁師の漁船、農家のトラクターに当たるのに対し、保険が一切掛けられないことに対する配慮だ。

明日にも失うかもしれないものにいちいち税金をかけていたら冒険者は破産してしまう。

よって、大会などで手に入れたカードには、税金がかからない。

勿論、このカードを売って手に入れたお金については税金が発生する。

「冒険者やっていくんなら、来年からは自分で気付いてやるんだぞ。あんまり収入が大きくなるようなら、税理士の先生に相談してみるのも手かもな。なんだか、色々なテクニックがあるみたいだぞ」

「…………………」

冒険者は、色んなしがらみとは無縁で、ファンタジーに満ち溢れていて、女の子にモテモテの夢のような職業……そんな風に思っていた時代が俺にもありました。

でも実際は結構泥臭いし、女の子にモテるようで実際は大体が金目当てだし、本命の娘には振り向いてもらえないし、経費が掛かるせいで実際の所得はそうでもないし、命の危険性はあるし、そしてなにより税金という魔の手からは逃げられないようだ。

……………なんだか、冒険者って、意外と夢のない職業なんだなぁ。

こうして俺はまた一つ大人に近づいたのだった。

《了》

【Tips】冒険者の経費

冒険者に対して認められる経費の範囲は非常に広い。カードの購入費は勿論、大半の魔道具に対する購入費や、物品のカード化費用、バイクや車の購入費、食料の購入費すら経費が認められる。

ただしこのうちカードの購入費と魔道具の購入費などは、『ギルドや公認店で購入したもの』にのみ認められる。

個々人間のやり取りで手に入れたカードは、経費として認められない。それが本当に買ったものなのか、自分で手に入れたものを買ったと言い張っているか証明できないからである。

……というのは建前で、本当はギルド外でのカードや魔道具のやり取りを減らすための措置の一つである。

ギルドを通さないやり取りも禁止はしていないけど、それによるトラブルにも関与しないし、それによる税金も知らないよ、というのがギルドのスタンスである。

あとがき

お久しぶりです。百均です。

この度は、モブ高生の二巻を手に取っていただきありがとうございます。

一巻の発売から三年……まさかの続刊発売となりました。

一縷の望みは抱き続けてはいましたが、実際のところは諦めておりました。

それが、まさか三年越しに続刊を出せることになるとは……感無量です。

コミカライズのご利益をヒシヒシと感じております。さぎやまれん先生、本当にありがとうございます！

さて、ここからは本編のネタバレが含まれますので、万が一あとがきから読み始めている方がいらっしゃったらご注意を。

二巻は、一巻よりちょっと成長したマロたちが、大会に出て活躍する話となります。

一巻では、強敵との出会いからマロが冒険者ライセンスを持っているだけの高校生から本物の冒険者となりましたが、この二巻では大会を通じてマロが冒険者として大きく成長します。

同時にそれは、スクールカーストという小さな世界からの脱却の話となります。

学校という狭い世界しか知らなかったマロにとって、スクールカーストだけが自分の価値を計るすべてでしたが、カードたちとの出会いにより外の世界の広さを知って、学校での人間関係がすべてじゃないと気づくわけです。

かといって、それで学校でのすべてが無価値となるわけではなく、変わらない大事なものもあり、それが東西コンビと言った本当の友人たちだったりします。

残念ながら彼女はできませんでしたが、気の良い友人たちに恵まれ、可愛いカードたちに囲まれ冒険する……これは十分にリア充と言って良いのではないでしょうか？

最後に、謝辞を。

担当のＨ様、イラストレーターのｈａｉ先生、コミカライズのさぎやまれん先生、ＷＥＢ版を評価してくださった読者の方々、この小説が本になるまでに尽力してくださったすべての皆様。本当にありがとうございます。

そしてこの本を買ってくださった方々へ、心から感謝いたします。

この本が少しでも面白いと思ってもらえることを祈って。

２０２３年５月下旬　百均

唯一無二の最強テイマー
～国の全てのギルドで門前払いされたから、
他国に行ってスローライフします～
原作：赤金武蔵　漫画：田村紘一
キャラクター原案：LLLthika
異世界還りのおっさんは
終末世界で無双する
原作：羽々音色　漫画：ダンタガワ
処刑された聖女は
死霊となって舞い戻る
原作：緒二葉　漫画：蚊
キャラクター原案：みなせなぎ

BRAVENOVEL
ブレイブ文庫

モブ高生の俺でも冒険者になればリア充になれますか？2

2023年5月25日　初版第一刷発行

著　者　　百均

発行人　　山崎　篤

発行・発売　　株式会社一二三書房
〒101-0003 東京都千代田区一ツ橋2-4-3
光文恒産ビル
03-3265-1881

印刷所　　中央精版印刷株式会社

ISBN 978-4-89199-971-1 C0193